Der MILF-Jäger

This is a work of fiction. Similarities to real people, places, or events are entirely coincidental.

DER MILF-JÄGER

First edition. November 17, 2024.

ISBN: 979-8227096876

Written by Emilia Meyer.

Der MILF-Jäger
Die Frau Von Nebenan

Emilia Meyer

Haftungsausschluss

Dies ist ein fiktives Werk. Namen, Charaktere, Orte und Ereignisse sind entweder Produkte der Fantasie des Autors oder werden fiktiv verwendet. Jegliche Ähnlichkeit mit tatsächlichen Ereignissen oder Orten oder lebenden oder verstorbenen Personen ist rein zufällig.

Alle abgebildeten Charaktere sind mindestens 18 Jahre alt oder anderweitig über dem Einwilligungsalter.

Hallo, mein Name ist Carl. Ich bin 1,65 m groß, habe eine helle Hautfarbe und werde mit meinen langen dunklen Haaren, meinen markanten Gesichtszügen und meinem durchtrainierten, muskulösen Körper als ziemlich attraktiv angesehen. Mit 18 Jahren entdeckte ich meine Interessen beim Lesen, Radfahren und dem Umgang mit Mädchen. Ich bin von Natur aus ein fröhlicher Mensch, neige aber auch dazu, in den meisten Situationen ruhig zu bleiben. Ich besitze jedoch die Fähigkeit, mühelos meinen Charme zu entfesseln und jeden zu fesseln, den ich ins Auge fasse. Mein sexuelles Erwachen fand in meinen Teenagerjahren statt, als ich meine Jungfräulichkeit an die viel ältere Freundin meiner Schwester, Diane, verlor, eine Erfahrung, die in mir den Wunsch nach mehr Intimität und Aufregung in meinem Leben weckte.

Ich bin in einer mittelgroßen Stadt in einer wohlhabenden, aber sehr traditionellen Familie aufgewachsen. Da ich in einem Haushalt aufwuchs, in dem Religion eine bedeutende Rolle spielte, musste ich meine vielen sexuellen Beziehungen vor allen um mich herum verbergen. Trotzdem habe ich ein starkes sexuelles Verlangen und suche gerne nach neuen Partnern für intime Begegnungen. Dies hat dazu geführt, dass ich heimliche Beziehungen mit verschiedenen Personen aus unterschiedlichen Bereichen meines Lebens eingegangen bin, darunter Familienmitglieder, Klassenkameraden, Lehrer, Kollegen und sogar Nachbarn wie Tante Maria.

Tante Maria

Maria Blume, damals Mitte 30, war Mutter von zwei Kindern. Ich nannte sie liebevoll Tante Maria, obwohl es keine familiäre Verbindung gab. Sie war etwa 1,65 m groß und wog 65 kg, ihr Gewicht lag an den richtigen Stellen ihres üppigen Körpers. Die Erfahrung der Mutterschaft hatte ihr eine wirklich atemberaubende Sanduhrfigur beschert, mit weichen und üppigen Brüsten der Größe 34D, einer schlanken Taille von 81 cm, die sich an den Hüften zu wunderschönen Kurven verbreiterte, und einem großzügigen Hintern von 114 cm. Ihre Beine waren dick und wohlgeformt, ergänzt durch zierliche Füße, die ihren üppigen Hintern bei jeder Bewegung verführerisch wiegen ließen.

Tante Maria ist normalerweise dafür bekannt, zurückhaltend, höflich und traditionell zu sein, doch sie strahlt auch eine warme und liebevolle Präsenz aus. Als ich reifer wurde, konnte ich nicht umhin, ihre üppige und verführerische Figur zu bemerken, die in meinem Kopf Fantasien weckte. Ob in der Öffentlichkeit oder zu Hause, ihre Kleiderwahl betonte nur ihre schönen Kurven, insbesondere ihre breiten Hüften, die selbst in lockerer Kleidung wie T-Shirts sichtbar blieben. oder locker sitzende Blusen. Zu Hause trug sie lieber kuschelige ärmellose Nachthemden oder lange T-Shirts mit Satin-Pyjamahosen, die ihre wohlgeformten Brüste und ihren Hintern betonten.

Maria mag nach außen hin zurückhaltend und schüchtern wirken, aber tief in ihrem Inneren hat sie eine leidenschaftliche und sinnliche Seite. Erst als sie mit mir intim wurde, offenbarte sie ihre intensive Anziehung zu mir. Unsere erste Begegnung, bei der ich meine Erfahrungen im Schlafzimmer zur Schau stellte, entfachte in Maria ein heftiges Verlangen nach meiner Gesellschaft, was zu zahlreichen aufregenden und intimen Momenten zwischen uns führte.

Hintergrund

Wie ich bereits erwähnt habe, ist Maria Mutter von zwei Kindern, darunter einer Tochter namens Sandra, mit der ich vor einigen Monaten eine sexuelle Begegnung hatte. Außerdem hat sie einen 10-jährigen Sohn. Ihr Mann ist etwa 40 Jahre alt und arbeitet in der Eisenbahnbranche. Ihr Wohnsitz liegt neben unserem weitläufigen 2-Morgen-Anwesen auf einem kompakten Grundstück und besteht aus einem bescheidenen einstöckigen Haus mit fünf Zimmern. Wie bereits erwähnt, hatte Sandra eine enge Beziehung zu meiner Zwillingsschwester Kate und besuchte uns häufig zu Spielverabredungen.

Maria lud mich und meine Schwester oft ein, sie zu Hause zu besuchen und Zeit mit Sandra zu verbringen. Sie zeigte stets ein fürsorgliches und herzliches Verhalten, das uns das Gefühl gab, willkommen und geschätzt zu sein. Als kleines Kind mit einem bezaubernden Aussehen erhielt ich oft Bewunderung und

Zuneigung von Frauen und Mädchen. Trotzdem fühlte ich mich manchmal unwohl bei Marias enthusiastischen Umarmungen und zahlreichen Küssen auf meine Wangen. Trotzdem hat Tante Maria bei unseren Besuchen immer köstliche Leckereien für uns zubereitet, was aufgrund ihrer außergewöhnlichen Kochkünste zu einem erfreulichen Moment wurde, auf den ich mich schon sehr freute.

Ihr Mann hingegen bemühte sich bewusst, uns aus dem Weg zu gehen. Wenn er nicht gerade Tagschicht hatte, zog er sich ins Schlafzimmer zurück, wo aus den Lautsprechern klassische Filmmusik dröhnte. Er war oft mürrisch und unterhielt sich kaum, wenn sich unsere Wege unweigerlich kreuzten, sodass ich seine Anwesenheit einfach übersah. Glücklicherweise wechselte sein Zeitplan häufig zwischen Tag- und Nachtschicht, was bedeutete, dass er oft nicht zu Hause war.

Als ich 15 Jahre alt war, beschloss ich, keine Zeit mehr mit meiner Schwester und ihrem Freundeskreis zu verbringen. Etwa zur gleichen Zeit verlor meine Zwillingsschwester das Interesse daran, mit ihrer Freundin Sandra zu spielen, sodass wir nicht mehr zu ihnen gingen, um zu spielen.

Meine Mutter bat mich jedoch häufig, Tante Marias Haus zu besuchen, wenn sie ein köstliches Essen zubereitete, als Geste des guten Willens gegenüber unserem Nachbarn.

Wenn Tante Maria zu dieser Zeit allein zu Hause war, lud sie mich immer ein und unterhielt sich lange mit mir. Während wir sprachen, bemerkte ich, dass Maria mich aufmerksam beobachtete, in ihre eigenen Gedanken versunken. Ich bemerkte auch, dass eine kokette Seite an ihrer Persönlichkeit zum Vorschein kam. Sie machte sich über mich lustig, weil ich Freundinnen am College hatte, worauf ich spielerisch reagierte.

Ich wurde oft rot und stolperte über meine Worte, aber sie schien das aus irgendeinem unbekannten Grund liebenswert zu finden. Darüber hinaus wurden ihre Zuneigungsbekundungen ausgeprägter. Sie hatte keine Angst, während unserer Gespräche beiläufig meine Arme oder meinen Rücken zu berühren oder sogar sanft meinen Oberschenkel zu drücken. Als ich reifer wurde, freute ich mich über diese zufälligen Berührungen von ihr.

Zu diesem Zeitpunkt bemerkte ich ihre Schönheit und ihre verspielten Gesten steigerten mein Interesse nur noch. Zuerst tat ich ihre Gesten als das liebevolle Verhalten der Tante ab, die ich seit meiner Kindheit kannte, aber mit der Zeit wurde ihr kokettes Verhalten deutlicher. Als ich 18 Jahre alt wurde, wurden Marias Zuneigungsbekundungen noch intensiver, was dazu führte, dass ich öfter von ihr träumte. Schließlich traf ich die mutige Entscheidung, ihre Avancen zu erwidern.

Ich begann subtil mit ihr zu flirten und sie gelegentlich auf spielerische Weise zu berühren. Ich machte ihr Komplimente für ihre Kochkünste und bewunderte auch ihr Aussehen. Ich suchte mir jede Gelegenheit, ihre verführerische und wohlgeformte Figur zu berühren.

Wenn wir zum Beispiel nebeneinander auf dem Sofa in ihrem geräumigen Wohnzimmer saßen, berührte ich ganz subtil ihren Arm. Ich blickte ihr tief in die Augen, während sie lebhaft sprach und echtes Interesse an dem zeigte, was sie zu sagen hatte. Gelegentlich wanderte mein Blick nach unten, um das faszinierende Schwingen ihrer üppigen Brüste zu bewundern, während sie mit ihren Händen gestikulierte. Der Anblick ihrer üppigen Hüften schien sich noch mehr auszudehnen, wenn sie sich hinsetzte, sodass ihr üppiger Hintern auf beiden Seiten des Sofakissens hervorquoll.

Wenn ich mit ihr in der Küche war, während sie Mahlzeiten zubereitete, flossen unsere Gespräche mühelos, während ich diskret ihre schöne, kurvenreiche Figur bewunderte. Ihre kuscheligen Nachthemden und gut sitzenden Pyjamahosen betonten ihre üppigen Brüste, ihre schlanke Taille, ihre breiten Hüften und ihren wohlgeformten Hintern. Immer wenn sie mich um etwas bat, bemerkte ich ihre verstohlenen Blicke, wenn ich mich vorbeugte, um einen Gegenstand aus einer unteren Schublade zu holen, oder nach oben griff, um etwas aus einem hohen Schrank zu holen. Und jedes Mal, wenn ich ihr den Gegenstand reichte, berührte sie sanft meine Hand, was mich vor Erregung erschauern ließ.

Gelegentlich bat sie mich um Hilfe beim Bewegen eines schweren Möbelstücks, und ich schaffte es immer, ihre weichen, üppigen Brüste zu berühren oder ihre herrlichen, wabbeligen Pobacken zu drücken. Maria schien davon unbeeindruckt, oder zumindest zeigte sie kein Unbehagen und machte ohne zu klagen weiter mit ihren Aufgaben. Mit der Zeit wurde Maria selbstbewusster in ihrem Handeln, und auch ich fühlte mich in meinem Vorgehen zunehmend mutiger. Folglich waren wir beide durch unsere kurzen, aber heimlich lustvollen Begegnungen ziemlich erregt.

Ich konnte spüren, dass Tante Maria während unserer spielerischen und liebevollen Begegnungen sexuell erregt wurde. Dies war an ihren schwitzenden, zitternden Händen und dem sehnsüchtigen Blick in ihren Augen zu erkennen. Ich fand es schwierig, meine offensichtliche Erregung in meiner Hose zu verbergen, wenn ich mich am Ende unserer Unterhaltung von ihr verabschiedete.

Ich kokettierte weiterhin mit Maria, einer älteren Frau aus meinem Bekanntenkreis, obwohl ich Anfang des Jahres eine sexuelle Begegnung mit Sandra hatte. Es schien jedoch, als hätte das Schicksal andere Pläne, denn die Ereignisse führten dazu, dass ich eine leidenschaftliche Begegnung mit meiner verführerischen und reifen Nachbarin hatte, die im Haus neben mir wohnte.

An einem Samstagabend, als ich vom nahegelegenen Fußballplatz, auf dem unsere Mannschaft trainiert hatte, nach Hause ging, begegnete ich zufällig Tante Maria. Obwohl der Regen inzwischen aufgehört hatte, trug ich meine schmutzige Fußballausrüstung und war nach einer intensiven zweistündigen Trainingseinheit von Kopf bis Fuß von einer Mischung aus Regenwasser und Schweiß durchnässt.

Maria stand an ihrem Tor und gab den streunenden Hunden Futter, als sie mich erblickte. Als ich sie beobachtete, bemerkte ich die eng anliegende, weiße, weite Bluse, die sie trug, mit einem tiefen Ausschnitt, der ihr üppiges Dekolleté betonte, als sie sich vorbeugte, um die Hunde zu füttern. Das lange Oberteil schmiegte sich an ihre wunderschön kurvigen Hüften, während die weite Hose, die sie trug, an ihren dicken Oberschenkeln klebte und die exquisiten Konturen ihrer wohlgeformten Waden hervorhob.

Maria begrüßte mich mit einem warmen Lächeln, als sie langsam aufstand.

„Hallo, Tante", grüßte ich sie mit einem warmen Lächeln und blieb stehen, um mit ihr ins Gespräch zu kommen.

„Wie war das Fußballtraining?", fragte sie, als sie mit neugierigen Augen auf mich zukam und echtes Interesse an meinen Aktivitäten zeigte.

„Es hat großen Spaß gemacht, Tante", antwortete ich und fühlte eine Welle der Freude, als mich der vertraute Duft ihres Parfüms erreichte.

Wir unterhielten uns ein paar Minuten lang locker über verschiedene Themen. Obwohl ich mich bemühte, respektvoll zu bleiben, konnte ich nicht anders, als ihren attraktiven Körper zu bewundern, einschließlich ihrer wohlgeformten Brüste und dem Anblick ihres Dekolletés, das ihre Kurven betonte. Als sie ihr Gewicht von einem Fuß auf den anderen verlagerte, hüpfte ihr üppiger Busen sanft und zog meine Aufmerksamkeit auf sich. Außerdem bewegten sich ihre kurvenreichen Hüften anmutig mit jeder subtilen Bewegung, was ihre Anziehungskraft noch verstärkte.

Maria erkundigte sich nach dem nächsten Tag und erwähnte, dass es Sonntag sein würde. Sie war neugierig, ob für den Nachmittag besondere Aktivitäten oder Vorkehrungen geplant waren.

„Nein, das glaube ich nicht", antwortete ich, war verwirrt von ihrer Frage und dachte über den Grund dafür nach.

„Fantastisch! Wie wäre es, wenn Sie mit mir zu Hause essen? Ich würde gerne Ihr Lieblingsgericht kochen“, schlug Maria vor, und ein warmes Lächeln erhellte ihr Gesicht.

Einen Moment lang zögerte ich und dachte darüber nach, wie peinlich es sein könnte, in Anwesenheit von Sandra zu Abend zu essen. Obwohl ich sicher war, dass Maria nichts von der unerlaubten Beziehung ihrer Tochter zu mir wusste, bemühte ich mich bewusst, die Tiefe meiner Verbindung zu Sandra zu verbergen. Marias Meinung nach hatten Sandra und ich uns auseinandergelebt und unterhielten uns als Erwachsene kaum noch.

Da ich jedoch zugegeben hatte, dass ich keine anderen Verpflichtungen hatte, nahm ich Marias Einladung an. Ihr Gesicht strahlte vor Aufregung, als sie mir befahl, um 13 Uhr bei ihr zu sein. Ich gab ihr mein Wort und versicherte ihr, dass ich pünktlich sein würde, bevor ich nach Hause ging, das gleich nebenan liegt.

Früh am Sonntagmorgen besuchte mich ein Freund in Begleitung eines Freundes in seinem Zimmer im Studentenwohnheim, um dort zu rauchen. Ich trug ein einfaches schwarzes T-Shirt, schwarze Jeans und schwarze Boxershorts darunter. Wegen des warmen und feuchten Wetters entschied ich mich für schwarze Turnschuhe, um mein Outfit zu vervollständigen. In meinen Taschen trug ich meine wichtigsten Dinge wie mein Handy, meine Brieftasche und mein geliebtes Zippo-Feuerzeug.

In meinem Zimmer im Studentenwohnheim traf ich mich mit etwa sechs anderen Jungs und wir begannen zu rauchen und ein paar Stunden zu entspannen. Als die Wirkung des Marihuanas einsetzte, musste ich an die Einladung zum Mittagessen denken, die ich erhalten hatte. Ich überlegte kurz, anzurufen und abzusagen, entschied mich aber dagegen, da es unhöflich gewesen wäre. Stattdessen freute ich mich darauf, Tante Maria zu sehen und ihre attraktive Figur zu bewundern.

Vor 13 Uhr bat ich einen Freund, der bei klarem Verstand genug war, um zu fahren, mich nach Hause zu fahren. Ich fühlte mich ziemlich berauscht und hatte ein schönes Gefühl der Euphorie, konnte aber trotzdem noch normal funktionieren. Um den Geruch von Marihuana und Zigarettenrauch in meinem Atem zu überdecken, hatte ich Kaugummi gekaut. Der Himmel war bedeckt, was zu einem angenehmen Wetter mit einer leichten Brise führte, die mich belebte.

Ich bat darum, am Rande meines Viertels abgesetzt zu werden, bevor ich meinem Freund beim Wegfahren zusah. Während ich durch die ruhigen Straßen schlenderte, beschloss ich, Tante Maria anzurufen. Sie antwortete beim dritten Klingeln mit warmer und einladender Stimme.

„Hallo, Carl", begrüßte mich Maria mit ihrer üblichen fröhlichen Art, ihre Stimme war voller Wärme und Enthusiasmus. „Du kommst doch zu uns, oder?", fragte sie eifrig, ihre Vorfreude war in jedem Wort spürbar.

„Absolut. Ich wollte nachfragen, ob jetzt ein passender Zeitpunkt für mich wäre, vorbeizukommen. Ich möchte nicht übermäßig früh ankommen", antwortete ich.

„Natürlich bist du herzlich willkommen, wann immer es dir passt", lud mich Maria enthusiastisch mit einem drängenden Ton in der Stimme ein. Sie beendete das Gespräch schnell und gab mir keine Chance zu antworten.

Nachdem ich in meiner Straße angekommen war, beschloss ich, langsamer zu gehen, um sicherzustellen, dass es keine Zeugen gab, bevor ich diskret ihre Wohnung betrat. Das Stahltor war teilweise geöffnet, sodass ich es instinktiv schloss. Diese Aktion löste Erinnerungen an ähnliche Situationen aus, in denen ich Sandra in den vergangenen Monaten heimlich für intime Begegnungen besucht hatte. Ich schob die aufregenden Erinnerungen beiseite und gewann meine Fassung zurück, als ich durch den kleinen Innenhof zum Vordereingang schlenderte.

Als ich bemerkte, dass die Vordertür geschlossen war, zog ich sofort meine Schuhe aus und stellte sie ordentlich auf das Schuhregal draußen. Als ich meine Hand hob, um an die Tür zu klopfen, schwang sie auf und enthüllte Maria, die auf der anderen Seite stand.

„Hallo Carl, bitte komm rein", begrüßte mich Maria mit einem warmen Lächeln, als sie die Tür öffnete und mir bedeutete, einzutreten.

Es war ein Schock für mich, als ich das Wohnzimmer betrat und feststellte, dass es leer war. Die Stille im Haus verstärkte meine Überraschung noch mehr und machte mich neugierig, wo Marias Mann und ihre Kinder waren und was sie taten. Als ich mit einem schnellen Blick das geräumige und gut beleuchtete Wohnzimmer in mich aufnahm, richtete sich mein Blick auf Maria selbst.

Tante sah verführerisch aus, gekleidet in ein cremefarbenes langes Oberteil mit passenden Hosen, die ihre Figur anmutig umschmeichelten. Ihr freiliegender Halsausschnitt gab einen Blick auf ihr verführerisches Dekolleté frei, da sie sich entschied, keinen Dupatta zu tragen, um es zu bedecken. Das Oberteil des Anzugs betonte ihre schlanke Taille und ihre kurvigen Hüften, während die Hosen ihren üppigen Hintern, ihre wohlgeformten Oberschenkel und ihre eleganten Waden betonten. Sie ging barfuß und präsentierte ihre Füße, die mit leuchtend rotem Nagellack geschmückt waren. Ihr langes, glattes Haar war ordentlich zu einem hohen Knoten zusammengebunden und ihre Lippen waren mit einem kräftigen rosa Lippenstift geschmückt.

Ich erhaschte einen kurzen Blick auf die Szene, bevor ich meinen Blick abwandte, bevor sie die Tür abgeschlossen hatte. Als sie sich schließlich zu mir umdrehte, erhellte sich ihr Gesicht mit einem warmen Lächeln und sie trat einen Schritt näher und umarmte mich fest und liebevoll.

„Oh", keuchte ich überrascht, als sie mich unerwartet in eine feste Umarmung zog, doch bald ließ sie mich los und schenkte mir nur ein warmes Lächeln.

Ich erkundigte mich nach dem Aufenthaltsort des Rests der Familie, während meine Tante mich mit ihrem beeindruckenden Hinterteil anmutig zum Essbereich führte. Ihre üppigen Pobacken wackelten auf angenehme Weise, als wir uns auf den Weg zum Esstisch machten.

„Mein Mann hat die Kinder mitgenommen, um den Tag mit seiner Schwester zu verbringen, und mich zum Mittagessen allein gelassen. Anstatt alleine zu Abend zu essen, habe ich beschlossen, Sie einzuladen, sich mir anzuschließen“, stellte Maria klar, und ihr Gesichtsausdruck hellte sich auf, als sie mich mit einem warmen Lächeln ansah.

Ich murmelte eine Antwort und war verblüfft über das, was ich gerade gehört hatte.

Ich war ziemlich begeistert, als sich die Gelegenheit ergab, etwas Zeit allein mit meiner attraktiven Nachbarin zu verbringen. Die Vorstellung, ihre anmutige und reife Figur zu bewundern, erfüllte mich mit Aufregung. In meinem Kopf rasten die Möglichkeiten, besonders angesichts meines erhöhten Erregungszustands. Trotz flüchtiger Gedanken, meine Nachbarin zu verführen, verwarf ich die Idee schnell als zu riskant. Mein Gehirn wurde jedoch von Erinnerungen an Zeiten überflutet, in denen sie mit mir geflirtet und mir Zuneigung gezeigt hatte, was mich glauben ließ, dass sie möglicherweise versuchte, etwas Intimeres anzustoßen.

Daher traf ich die bewusste Entscheidung, jede sich bietende Gelegenheit zu ergreifen.

Meine Tante setzte mich freundlicherweise an das Kopfende des urigen Esstisches aus Holz für sechs Personen. Der Tisch stand in der Ecke auf der rechten Seite des geräumigen Wohnzimmers und bot einen perfekten Aussichtspunkt, um die angrenzende, halboffene Küche zu beobachten. Maria brachte das Essen aus der Küche zum Esstisch und musste dafür mehrere Male hin und her laufen. So hatte ich einen Platz in der ersten

Reihe und konnte den faszinierenden Anblick ihrer üppigen Brüste bewundern, die bei jedem Schritt sanft schwangen und ihren üppigen Hintern, der wackelte, während sie die kurze Strecke zwischen Küche und Essbereich zurücklegte.

Ich war dankbar, dass ich saß, denn Maria konnte die leichte Wölbung in meiner Leistengegend nicht erkennen. Der Anblick ihrer breiten Hüften, die bei jedem Schritt so anmutig schwankten, brachte meine beachtliche Erektion zum Erzittern. Die Art, wie ihre üppigen Hinterbacken aufeinanderprallten und zusammengepresst wurden, war unglaublich fesselnd und verlockte mich dazu, ihnen einen spielerischen Klaps zu geben. Ich ballte diskret meine Hand auf dem Tisch zur Faust und konnte nicht widerstehen, verstohlene Blicke auf ihre verführerischen, wackligen Vorzüge zu werfen.

Den ganzen Abend über unterhielt sich Tante locker mit mir, während ich mit kurzen und leisen Antworten reagierte. Als sie das letzte Gericht aus der Küche holte, zog Maria sofort einen Stuhl neben mich auf die linke Seite.

Ich schloss die Augen und atmete den herrlichen Duft ihres Parfüms ein, während mir ein prickelndes Gefühl der Lust über den Rücken lief. Als ich die Augen öffnete, beobachtete ich, wie sie das Essen auf zwei Tellern anrichtete. Da ich aus nächster Nähe war, konnte ich ihr bezauberndes Dekolleté besser sehen. Ihr üppiger Busen bewegte sich sanft bei ihren Bewegungen, betont durch das ärmellose Oberteil, das ihre makellosen weißen Arme zur Schau stellte. Ein paar weiße Glasarmreifen schmückten ihre Handgelenke und erzeugten einen melodischen Klang, wenn sie sich berührten. Ich lehnte mich zurück und blickte nach unten, während ich ihre üppigen Hüften, ihren üppigen Hintern und ihre kurvenreichen Schenkel bewunderte.

Tante Maria, eine gläubige Buddhistin, war für ihre streng vegetarische Ernährung bekannt, obwohl ihr Mann und ihre Kinder den hausgemachten Hühnerbraten liebten, den meine Mutter ihnen jeden Monat schickte. Trotzdem waren Marias Kochkünste außergewöhnlich, besonders wenn es darum ging, vegetarische Gerichte zuzubereiten, die ich wirklich köstlich fand. Im Laufe der Jahre entwickelte ich eine tiefe Bewunderung für ihre Kochkünste und freute mich darauf, ihre köstlichen Kreationen zu probieren.

Als wir uns zum Essen hinsetzten, begann Maria, wie es ihre Gewohnheit war, das Gespräch. Zunächst erzählte sie ein paar Anekdoten über die Geschehnisse in der Gegend. Anschließend lenkte sie das Thema auf meine College-Erfahrung und zeigte sich neugierig auf mein Studium. Spielerisch begann sie, über meine romantischen Beziehungen zu scherzen und mich nach Einzelheiten zu fragen. Zunächst versuchte ich, der Frage auszuweichen, gab aber schließlich nach und enthüllte meinen Single-Status, während ich auf meine früheren Liebesabenteuer anspielte. Diese Enthüllung faszinierte sie und führte zu einem koketten Austausch zwischen uns.

Maria erwähnte neckisch meinen Ruf als beliebter Student am College und deutete damit an, dass ich wohl eine Menge weibliche Aufmerksamkeit auf mich ziehen würde. Als Antwort darauf deutete ich selbstbewusst an, dass ich tatsächlich die Aufmerksamkeit vieler, nicht nur jüngerer Mädchen, auf mich gezogen hatte. Maria schien von dieser Enthüllung überrascht zu sein und drängte mich, es weiter zu erklären.

Ich beschloss, ihr zu erzählen, wie sehr meine Lehrer mich mochten, ohne ausdrücklich zu sagen, dass dies zu intimen Beziehungen geführt hatte. Obwohl ich es nicht aussprach, schien sie die Anspielung zu verstehen, denn ihre Augen weiteten sich vor Erstaunen. Anstatt das Thema direkt anzusprechen, scherzte sie weiter mit mir durch kluge Bemerkungen und Gelächter.

Bald nachdem wir unser Essen beendet hatten, setzten wir uns an den Tisch, nahmen uns Zeit, etwas Wasser zu schlürfen und ließen die Aromen unseres herzhaften Essens auf unseren Geschmacksknospen verweilen. In diesem Moment legte Maria ihre Hand mit festem Griff auf meinen Oberschenkel und drängte mich, mich über meine sexuellen Begegnungen zu öffnen und sie ehrlich zu teilen.

„Tante, ich muss sagen, deine Worte haben mich ziemlich verblüfft. Wie du weißt, verstoßen solche Handlungen gegen die Glaubensgrundsätze meiner Religion“, antwortete ich und täuschte Überraschung vor.

Marias Gesichtsausdruck wurde unbehaglich. Mein unerwarteter Lachanfall beruhigte sie jedoch, dass ich nur scherzte. Sie merkte, dass ich es nicht völlig abstritt, und drängte darauf, weiterzumachen und schließlich zuzustimmen, es vertraulich zu behandeln. Da ich ein spielerisches Geplänkel aufrechterhalten wollte, vermied ich geschickt eine direkte Antwort und weckte so ihr Interesse noch mehr.

Ihre sanfte Berührung meines Oberschenkels löste einen plötzlichen Anflug von Erregung in mir aus, doch ich schaffte es, meine Reaktion zu verbergen. Das Gefühl ihrer warmen, geschmeidigen Hand in der Nähe meines halb erigierten Penis erfüllte mich mit einer Mischung aus Nervosität und Vorfreude. Als sie ihre Hand von meinem Oberschenkel nach oben bewegte und begann, beiläufig meinen Rücken zu streicheln, ermutigte sie mich, mich zu öffnen und ein Gespräch zu beginnen.

Einen kurzen Moment lang war mein Kopf voller widersprüchlicher Gedanken. Ich dachte darüber nach, ob dies die Gelegenheit sein könnte, auf die ich gewartet hatte. Ich vertraute darauf, dass sie mein Geheimnis bewahren würde, selbst wenn ich ihr sagte, dass ich lockere Beziehungen zu Partnern unterhielt, ohne Einzelheiten preiszugeben. Trotz dieser Zusicherung zögerte ich und dachte tief nach. Schließlich beschloss ich, ihr von meiner intimen Begegnung mit Alexandra zu erzählen, die zufällig die Schneiderin war, die direkt gegenüber von Marias Haus wohnte, in der Nähe des Fußballplatzes, auf dem sie beide lebten. Alexandra war nicht nur meine Bekannte, sondern auch Marias persönliche Schneiderin.

Ohne irgendwelche Einzelheiten preiszugeben, die ihre Identität verraten könnten, begann ich ihr zu erzählen, wie Alexandra mich verführt hatte. Ich vertiefte mich in komplizierte Beschreibungen und beschrieb, wie Alexandra mit mir flirtete und mir gegenüber übermäßige Zuneigung zeigte. Dann erzählte ich ausführlich, wie Alexandra mir von ihren unbefriedigenden sexuellen Erfahrungen erzählte und mich schließlich dazu überredete, mit ihr Geschlechtsverkehr zu haben. Während ich die Geschichte erzählte, beobachtete ich aufmerksam die Reaktionen meiner Tante und war begeistert, als ich bemerkte, wie aufmerksam sie zuhörte. Ihr Gesichtsausdruck wechselte von Erstaunen zu Ungläubigkeit und wurde schließlich angespannt und ratlos, als ich weiter von den verschiedenen Begegnungen mit Alexandra erzählte.

Nachdem ich fertig gesprochen hatte, verfiel Maria in tiefes Schweigen und schien tief in ihre eigenen Gedanken versunken zu sein. Ich beschloss, ihr den nötigen Freiraum zu geben, lehnte mich in meinem Stuhl zurück und beobachtete sie genau. Sie schien über etwas nachzudenken, während sie mit nachdenklichem Gesichtsausdruck auf den Tisch starrte. In diesem Moment konnte ich nicht anders, als ihre schöne, wohlgeformte Figur von der Seite zu bewundern. Mein halb erigierter Penis verursachte nun eine deutlichere Beule in meinen engen Jeans, was mich dazu veranlasste, ihn diskret unter dem Esstisch zurechtzurücken, um nicht aufzufallen.

„Sie sagen, dass diese Frau Sie mehrmals zum Sex zu sich nach Hause eingeladen hat. Und sie riskiert, von ihrem Mann oder ihren Kindern erwischt zu werden?“ Maria drehte sich schließlich um und stellte alle Fragen.

Ich erläuterte ihr die spezifischen Maßnahmen, die sie ergreifen muss, um sicherzustellen, dass unsere heimliche romantische Beziehung nicht nur vor ihrer eigenen Familie, sondern auch vor neugierigen Nachbarn verborgen bleibt. Maria schien von dieser Information fasziniert zu sein, hing an jedem meiner Worte und stellte zahlreiche Fragen zur weiteren Klärung. Ich konnte nicht anders, als eine Welle der Erregung zu verspüren, als sie sich so sehr für die Feinheiten der Wahrung der Diskretion in einer unerlaubten Beziehung interessierte. Trotzdem ging ich vorsichtig vor und behielt in meinen Erklärungen einen ausgewogenen und realistischen Ansatz bei.

„Ich glaube, ich kann den Grund für ihr Handeln verstehen", sagte Maria, nachdem ich meine Erklärung beendet hatte.

„Und Sie?", fragte ich und hoffte, sie dazu zu bewegen, in ihrer Antwort weitere Einzelheiten anzugeben.

„Ja, ich kann das Gefühl nachvollziehen, ignoriert und übersehen zu werden. Es wird für eine Frau immer schwieriger, in einer Ehe unerfüllt zu bleiben. Trotz gesellschaftlicher Normen und Erwartungen glaube ich, dass eine Frau, die sich aufgrund der Kinder nicht von ihrem desinteressierten Ehemann scheiden lassen kann, die Möglichkeit haben sollte, anderswo Erfüllung zu suchen", bemerkte Maria in nachdenklichem Ton, fast so, als würde sie über ihre eigenen Erfahrungen nachdenken.

Ich war von ihrer Aussage überrascht, aber ich schaffte es, meine Fassung wiederzuerlangen und sprach einige ermutigende Worte. Maria verstummte erneut und schien in tiefes Nachdenken versunken zu sein. Ihr schönes Gesicht zeigte eine

Mischung aus Emotionen, die daran zu erkennen waren, wie ihr Schweiß leicht glänzte und ihre Hände ganz leicht zitterten. Mir wurde klar, dass sie Angst hatte, und ich konnte nur über den möglichen Grund für ihre Nervosität spekulieren.

Trotz meiner üblichen Genauigkeit beim Interpretieren von Signalen hatte ich jedoch das Bedürfnis, sicherzustellen, dass ich ihre Absichten nicht missverstand. In meinem Kopf blieb ein kleiner Zweifel, dass ihre Zuneigung zu mir vielleicht rein platonisch und nicht romantisch war. Als ich jedoch beobachtete, wie Marias Verhalten koketter und körperlich liebevoller wurde, war ich überzeugter, dass meine anfängliche Interpretation richtig war.

Letztendlich entschied ich mich, weiterzumachen und zu versuchen, Tante Maria zu einer sexuellen Beziehung mit mir zu verführen.

„Sprichst du aus eigener Erfahrung?“, fragte ich in sanftem Ton, begierig darauf, aus ihren eigenen Lebenserfahrungen zu lernen.

Maria blickte schnell in meine Richtung, und ich erkannte einen Anflug von Reue in ihren Augen, als hätte sie unbeabsichtigt ein Geheimnis preisgegeben, das sie gehütet hatte.

Maria zögerte und versuchte, eine Antwort zu finden, bevor sie schließlich murmelte: „Ich denke schon.“ Ihre Worte verstummten schwach, als sie ihren Versuch, mich zu täuschen, aufgab, als sie bemerkte, wie ich sie fragend ansah.

„Warum teilst du nicht mit mir“, sagte ich ruhig und wartete geduldig auf eine Antwort.

„Ja“, gestand Maria schweren Herzens. „Ich muss zugeben, dass ich mit meiner Ehe ziemlich unzufrieden bin. Die Intimität zwischen meinem Mann und mir hat seit der Geburt unseres Sohnes abgenommen. Trotz meiner Bemühungen, unsere Beziehung wieder aufleben zu lassen, scheint mein Mann das Interesse verloren zu haben. Ich habe den Verdacht, dass er eine außereheliche Affäre hat, habe jedoch keine konkreten Beweise, die diese Behauptung stützen. Selbst wenn, ist der Gedanke, ihn zu verlassen und zwei Kinder alleine großzuziehen, eine erschreckende Aussicht.“ Maria schüttete ihr Herz aus, ihre Stimme zitterte vor Erregung.

Maria, die von ihren Gefühlen überwältigt wurde, schniefte und wischte sich sanft eine Träne aus dem Augenwinkel.

„Was du mir erzählt hast, macht mich traurig“, sagte ich sanft und tröstete sie, indem ich ihr in einer beruhigenden Geste die Hand auf den Rücken legte.

Als sie nicht protestierte, streichelte ich sanft über die sichtbare Haut auf ihrem oberen Rücken und ihren Schultern, um sie etwas zu trösten. Maria verstummte, und auch ich blieb still, sah sie an und dachte über meine nächsten Schritte nach. Das Gefühl ihrer weichen, nackten Haut war äußerst beruhigend und anregend. Ich konnte die Wärme spüren, die von ihr ausging, als sie näher kam, um sich neben mich zu setzen. Es schien, als ob sie meine tröstende Berührung schätzte, also streichelte ich weiterhin sanft über ihren Rücken und achtete darauf, keine Grenzen zu überschreiten.

Nach kurzer Zeit konnte Maria ihre Stimmung heben und ein Lächeln bildete sich auf ihrem Gesicht.

Maria drückte ihre Dankbarkeit mit den Worten aus: „Danke, ich fühle mich jetzt viel besser." Sie lächelte warm, während ihre Augen sanft auf mich gerichtet schimmerten.

Ich grinste und nahm langsam meine Hand weg, hielt dabei den Blickkontakt mit Maria. Die Atmosphäre war erfüllt von einem Gefühl der Heimlichkeit und Intimität, als hätte sie gerade eine tief persönliche Offenbarung mit mir allein geteilt. Diese neu entdeckte Verbindung ließ mich die Möglichkeit in Betracht ziehen, unsere Beziehung auf eine romantischere Ebene zu bringen.

Abrupt rückte ich näher an Maria heran, drückte meine weichen, vollen Lippen auf ihre üppigen, hydratisierten Lippen und gab ihr einen starken und absichtlichen Kuss.

Maria schnappte erstaunt nach Luft und umklammerte instinktiv meine Arme, ihr Körper war angespannt und vor Schock unbeweglich.

In den folgenden Augenblicken erhöhte ich den Druck meiner Lippen auf ihre und fuhr sanft mit der Zungenspitze darüber, was sie erschauern ließ. Dann unterbrach ich den Kuss, zog mich langsam zurück und blickte ihr in die Augen, die weit aufgerissen und erstaunt waren.

Marias Herz raste, als sie vorsichtig ihre Unterlippe berührte. „Was war das?" fragte sie und atmete stoßweise aus.

Ich bemerkte die Mischung aus Überraschung und Humor, die sich auf ihrem hübschen Gesicht widerspiegelte. Als Antwort beschloss ich, eine Fassade der Unschuld aufzusetzen und tat so, als wäre ich verlegen.

„Ähm, es tut mir leid, ich weiß nicht, was in mich gefahren ist, Tante. Ich weiß, dass es nicht richtig ist, aber ich finde dich attraktiv und möchte dir meine Zuneigung zeigen", ich stammelte.

„Meinst du es ernst mit mir?", fragte Maria, und ihr Gesichtsausdruck wurde voller Freude und Zufriedenheit.

„Ja, das meine ich", antwortete ich mit einem Anflug von Durchsetzungsvermögen in meinem Tonfall und zeigte mein Selbstvertrauen ohne Zögern in meinen Worten.

Maria holte einen Moment Luft und sah mich mit einem strahlenden Grinsen an. Ihr Gesichtsausdruck ließ vermuten, dass sie über eine Entscheidung nachdachte. Schließlich nickte sie zustimmend mit dem Kopf und schien sich entschieden zu haben. Während dieses ganzen Gesprächs raste mein Herz wie ein Vollblut, das einen steilen Abhang hinuntersprintet, voller Vorfreude auf das, was passieren könnte.

Maria fragte dann: „Welche Gedanken kommen dir, wenn du an mich denkst?"

„Was?" Ich stammelte überrascht und war nervös, meine inneren Gedanken preiszugeben. „Bist du wirklich neugierig auf meine Fantasie?", fragte ich zurück und versuchte, die Bedeutung des Themas herunterzuspielen.

Maria drückte ihre Neugier aus, indem sie fragte: „Ich bin wirklich fasziniert zu verstehen, was ein junger Mann an einer reifen Hausfrau mittleren Alters wie mir anziehend finden könnte." Sie lächelte warm und ermutigte mich, meine Gedanken zu teilen.

Ich atmete tief ein und versuchte, die überwältigende Erregung zu verbergen, die in mir aufstieg. Ihre Worte bestätigten mir, dass sich meine Bemühungen, Tante Maria zu bezaubern, tatsächlich gelohnt hatten.

Dann erzählte ich ihr von all meinen Gefühlen und Emotionen. Ich schilderte lebhaft den Moment, als ich mich zum ersten Mal zu ihr hingezogen fühlte. Von Anfang an gab ich ihr gegenüber zu, dass ich mir ihrer Versuche, mich zu verführen, ebenfalls bewusst war. Ich erwähnte, dass mir eine Veränderung in ihrer Einstellung mir gegenüber aufgefallen war, als ich von meinen Teenagerjahren zum Erwachsenenalter überging. Ich erinnerte mich an Momente, in denen sie absichtlich Körperkontakt mit mir aufgenommen und mich mit ihren verführerischen Kurven spielerisch gereizt hatte.

„Das stimmt tatsächlich. Vor ein paar Jahren bemerkte ich zum ersten Mal eine eigentümliche Anziehungskraft, die ich für dich empfand. Neben einer tiefen mütterlichen Bindung verspürte ich ein starkes Verlangen, das schwer zu ignorieren war. Zu sehen, wie du zu einem gutaussehenden jungen Mann heranwuchsst, der mir gegenüber immer respektvoll und freundlich war, löste diese ungewöhnliche Anziehung aus. Anfangs fühlte ich mich schuldig, aber schließlich überzeugte ich mich selbst davon, dass ich, wenn mein Mann meine Bedürfnisse nicht erfüllen könnte, Befriedigung woanders suchen würde." Maria gab diese Gefühle offen zu, jetzt, da sie sich der gegenseitigen sexuellen Anziehung zwischen uns bewusst war.

Ich war überglücklich, diese Neuigkeit zu erhalten, und es war ein Erfolgserlebnis, die Aufmerksamkeit älterer Frauen auf mich ziehen zu können. Von Anfang an hatte ich eine Vorliebe für reife Frauen und MILFs gegenüber jüngeren Mädchen. Daher war ich sehr zufrieden, als Maria mir ihre verborgenen Wünsche offenbarte. Meine Vorfreude wuchs immer mehr, und meine kräftige Erektion in meiner Hose wurde immer stärker.

„Wie kannst du mich attraktiv finden?“, fragte Maria sich laut, als sie sich ihres eigenen kurvigen Körpers bewusst wurde. „Du könntest dünne, schöne Mädchen haben, wann immer du willst. Was interessiert dich an einer Frau mit einer fülligeren Figur wie mir, Carl?“

Ich lächelte warm und versicherte ihr, dass ich ihren reifen, mütterlichen Körper absolut fesselnd fand. Ich legte Wert darauf, meine Bewunderung für ihre Kurven auszudrücken, selbst für die, die manche als „fett“ betrachten würden – ich fand sie unglaublich verführerisch. Ich beschrieb ihre üppige Figur in schmeichelhafteren Worten, was sie sowohl zu erfreuen als auch zu erheitern schien. Als ich ihr meine sinnlichen Wünsche geschildert hatte, hatte sich Marias Lächeln in ein strahlendes und freudiges Grinsen verwandelt.

„Wow!“, rief Maria aus und ihre Augen weiteten sich vor Überraschung und Dankbarkeit. „Danke“, fügte sie leise hinzu und tätschelte mir als Zeichen ihrer Wertschätzung sanft die Wange.

Danach blieben wir schweigend sitzen und teilten ein vor Aufregung gefärbtes Grinsen. Die Vorfreude auf das, was als Nächstes kommen würde, lag in der Luft und ich musste nicht lange warten, bis Maria, Tante, die Führung übernahm.

Maria neigte ihren Kopf zur Schlafzimmertür und lud mich beiläufig ein, ihr Bett zu sehen, ein sanftes Lächeln umspielte ihre Lippen. Ihre Augen glänzten mit einem Hauch von Schalk, als sie meine Reaktion beobachtete und anmutig in Erwartung stand.

„Okay!", antwortete ich und mein Grinsen wurde breiter, als ich eifrig von meinem Platz aufstand.

Ich folgte Maria sofort, als sie sich auf den Weg zu ihrem Schlafzimmer auf der anderen Seite des geräumigen Wohnzimmers machte. Ich konnte meine Augen nicht von ihrem kräftigen, wippenden Hintern und ihren hin- und herschwingenden Hüften abwenden, als sie meine Hand ergriff und mich mit sich führte. Der Anblick ihrer üppigen Figur ließ meinen großen, steifen Penis vollständig erigieren, was eine deutliche Beule in meiner Hose verursachte. Die Tatsache, dass meine Erektion nun sichtbar war, störte mich nicht und ich begleitete sie eifrig in ihr Schlafzimmer.

Das Schlafzimmer war etwa 4,5 mal 6 Meter groß und hatte zwei große Fenster mit Blick auf den Seitengarten. Im Inneren befanden sich ein großes Queensize-Bett, zwei robuste Holzschränke, ein Paar klassische Holzstühle und eine elegante Frisierkommode mit Ganzkörperspiegel und einem urigen Hocker. Die Vorhänge waren zugezogen, also schaltete Maria die große Leuchtstoffröhre ein und schaltete den Deckenventilator ein. Als ich das Zimmer betrat, musste ich grinsen, als mich der intensive Duft ihres Parfüms begrüßte.

„Gefällt mir!", sagte ich und bewunderte das saubere und aufgeräumte Zimmer.

Maria blieb still und näherte sich mir stattdessen mit schnellen Schritten, bevor sie mich in eine warme und feste Umarmung hüllte.

„Mm!“, seufzte Maria vor Vergnügen, umarmte mich sanft mit ihren üppigen Armen und zog mich näher an ihre Wärme und Intimität heran.

Ich atmete tief ein und genoss den Moment, als ich zum ersten Mal das Gefühl ihrer zarten, flauschigen Brüste spürte, die sich gegen meine Brust drückten. Ihre sanfte Berührung meiner Wölbung durch meine Jeans und das Gefühl ihres weichen Bauchs an mir erfüllten mich mit Erregung. Instinktiv schlang ich meine Arme um ihre schmale Taille und erkundete die Kurven ihres Körpers. Maria führte mich dann dazu, mich nach unten zu beugen, während sie mein ganzes Gesicht mit Küssen überhäufte. Ihre liebevollen Küsschen auf meine Stirn, Wangen und mein Kinn wurden von süßem Flüstern und sanften Liebkosungen begleitet, wodurch ich mich geschätzt und geliebt fühlte.

„Danke, Carl. Ich weiß deine süßen Gesten zu schätzen. Ich liebe es, wie du dich um mich kümmerst. Du warst eine große Hilfe. Du bist wie ein Sohn für mich, aber ein sehr attraktiver.“ Maria fuhr fort, liebevoll zu küssen und zu flüstern.

Dies entfachte ein tieferes Verlangen in mir und ließ mich noch erregter werden, als ich meine Hand nach unten streckte und ihren üppigen und weichen Hintern fest umklammerte. Ich spürte, wie mich ein Schauer der Erregung durchströmte, als meine Finger endlich Tante Marias traumhaft großen Hintern berührten. Als Antwort stieß sie ein leidenschaftliches Stöhnen aus und schob sich näher an mich heran, um ihre üppigen Brüste fester gegen meine Brust zu drücken. Ich spürte, wie ihr Herzschlag schneller wurde, während ich die Wärme ihres Atems auf meinem Gesicht genoss.

Ich drückte sanft ihren großen, plüschigen Hintern, um ihren weichen Bauch an mein hartes Glied zu drücken. Als sie die Dicke meiner Erregung durch meinen Jeansstoff spürte, begann sie instinktiv, ihren Bauch sanft gegen meinen Schritt zu bewegen. Eine Welle der Vorfreude durchströmte mich, als ich bei dieser intimen Berührung anfing, meine Freude hörbar auszudrücken.

„Oh, Tante, du bist absolut entzückend. Ich bewundere alles an dir – deine freundliche Art, dein strahlendes Lächeln, deine anmutige Präsenz. Deine Schönheit fasziniert mich einfach und entzündet eine Leidenschaft in mir, die ich nicht ignorieren kann." Als Maria mich mit liebevollen Küssen überschüttete, schwoll mein Herz vor Liebe zu ihr an und ich konnte meine Verehrung nicht zurückhalten.

Es dauerte nicht lange, bis sie sich mit einem Gefühl der Dringlichkeit zu meinen Lippen beugte und mich in einen leidenschaftlichen Kuss hüllte.

„Mm! Mmh! Hmm! Mmmh! Mmmh!" Maria machte kehlige Geräusche, als unsere Lippen sich in einem leidenschaftlichen, chaotischen Kuss aufeinander pressten.

Maria senkte mein Gesicht sanft zu ihrem, drückte ihre weichen Lippen mit einem Gefühl der Dringlichkeit gegen meine und drängte meine Zunge, ihre zu treffen. Während sie ihre Küsse über meinen Hals und meine Brust gleiten ließ, wurde ihre Leidenschaft nur noch stärker. Als Antwort erwiderte ich sie mit einem leidenschaftlichen Kuss und beschäftigte mich spielerisch mit ihrer zarten Zunge. Ich neckte ihre Zunge, bevor sie sie kühn in meinen Mund steckte und mich daran saugen ließ, was eine Welle der Erheiterung durch sie schickte, die ich in diesem Moment deutlich spüren konnte.

Während dieser ganzen Zeit knetete ich beharrlich und eifrig ihre großzügig bemessenen Pobacken. Mit beiden Händen streichelte ich zart ihre üppigen und verführerischen Pobacken. Die schiere Größe ihres Hinterns, gepaart mit dem weichen Stoff ihrer Hose, ließ ihn immer wieder meinem Griff entgleiten, was meine lustvollen Wünsche verstärkte. Während ich ihren schönen, üppigen Hintern erkundete, hielt ich einen sanften Sog an Marias zierlicher und zarter Zunge aufrecht, während sie ihre prallen Lippen leidenschaftlich gegen meine presste und den Druck ihrer wohlgeformten, verführerischen Figur verstärkte.

Tante Maria wurde bald von Lust überwältigt, ihre Handlungen wurden leidenschaftlicher, während sie mich weiter küsste. Ihre Hände wanderten nach unten und hoben mein T-Shirt in einer kühnen Bewegung hoch. Ich ließ meinen Griff um ihre üppige Figur los und hob meine Arme, damit sie das Kleidungsstück ganz ausziehen konnte. Mit einer schnellen Bewegung zog Maria mein Hemd aus und warf es lässig auf das Bett hinter ihr.

„Mmmm", stöhnte Maria zustimmend, als sie mich zum ersten Mal ohne Hemd sah.

Ihr breites Lächeln vermittelte ein Gefühl von Wärme und Vertrautheit, als sie ihre Hände zart über meine starke und glatte Brust gleiten ließ. An der Art, wie sie mich ansah, war deutlich zu erkennen, dass sie meinen Körperbau offen bewunderte. Ein Schauer lief mir über den Rücken, als ihre Fingerspitzen meine nackte Haut berührten, und ich bekam eine Gänsehaut, während sie mich zärtlich mit ihrer warmen und sanften Berührung streichelte. Mit jedem Streicheln ihrer weichen Handflächen über meine Vorderseite konnte ich die subtilen Konturen meiner straffen Brust und meines flachen Bauchs spüren. Als sie mit einem schüchternen Grinsen zu mir aufblickte, war klar, dass sie das Gefühl genoss, meinen Körper zu erkunden.

Maria sagte leise zu mir: „Carl, du bist so sexy", während sie zärtlich ihre Finger über meine entblößte Brust gleiten ließ.

Ich antwortete schüchtern: „Danke." Dann sagte ich lächelnd, dass ich an der Reihe sei. Sie wusste, was ich meinte.

Maria zögerte einen Moment und trat einen kleinen Schritt zurück, während ich ihr enges, langes Top von ihrer üppigen Figur zog. Als sich der Stoff ablöste, wurden ihr hypnotisierend glatter Bauch und ihr markanter Bauchnabel freigelegt. Ich hob das Kleidungsstück langsam weiter an und enthüllte einen zarten weißen Spitzen-BH, der Mühe hatte, ihre üppigen Brüste (Körbchengröße D) zu halten. Der BH, der etwas zu klein war, drückte ihre schönen Brüste zusammen und schuf ein verführerisch tiefes Dekolleté. Mit einer präzisen Bewegung hob Maria ihre Arme, sodass ich das Top sanft und vollständig ausziehen konnte.

Sie hob ihre Hand schnell in einer beschützenden Geste an ihre Brust, aber ich schob sie vorsichtig und rücksichtsvoll beiseite.

„Bedecke deinen schönen Körper nicht. Ich liebe es, ihn zu sehen." Ich lächelte, um sie zu beruhigen, und sie entspannte sich und ließ ihre Hand sinken.

Mir fiel auf, dass Tante Maria plötzlich zögerlich und ängstlich wirkte, als wir uns zum Aufbruch bereit machten. Damit sie sich beim Ausziehen wohler und selbstsicherer fühlte, bemühte ich mich, sie zu ermutigen und zu unterstützen. Mit einem beruhigenden Lächeln im Gesicht stellte ich mich hinter sie, stand so nah, dass mein Körper ihren berührte, und spürte die Weichheit ihres üppigen Hinterns an meinem Schritt. Als ich nach vorne blickte, konnte ich Tante Marias Spiegelbild im großen Spiegel auf dem Frisiertisch deutlich sehen.

„Ich würde gerne sehen, wie du deine natürliche Schönheit annimmst, Tante. Du brauchst nicht schüchtern zu sein. Du solltest stolz auf deinen sexy, kurvigen Körper sein", flüsterte ich ihr sanft ins Ohr und bemerkte, wie sich ihre angespannten Schultern zu entspannen begannen.

Während wir uns unterhielten, fuhr ich sanft mit meinen Fingerspitzen über ihre bloßen, seidigen Arme. Allmählich lehnte sie sich zurück und drehte sich zu mir um, wobei sich ein sanftes Lächeln auf ihrem Gesicht zeigte. Als Antwort erwiderte ich das Lächeln, bevor ich gekonnt und ohne zu zögern ihren BH auszog.

Maria stieß überrascht einen leisen Ausruf aus: „Oh!", worauf sie wie angewurzelt erstarrte.

Ich griff rasch nach den Trägern und ließ sie sanft über ihre Arme gleiten, wodurch ihre schönen, üppigen Brüste freigelegt wurden. Als ich ihre üppigen Kurven erblickte, pulsierte meine pochende Erektion vor Vorfreude. Ich atmete zufrieden aus und betrachtete ihren üppigen Busen im Spiegelbild, während ich ihr süße Nichtigkeiten ins Ohr flüsterte.

„Wow! Tante, deine Brüste sind wirklich wunderschön, mit ihrer perfekt abgerundeten Form und Weichheit, die einfach unwiderstehlich ist." Ich konnte nicht anders, als sie weiterhin mit Komplimenten zu überschütten und ihr leise ins Ohr zu sprechen, während ich die Wärme ihres nackten Rückens an meiner Brust spürte.

Dann legte ich sanft meine Hände auf ihre kurvigen Hüften und spürte die Weichheit ihrer Haut unter meiner Berührung, während ich meine Finger unter den elastischen Bund ihrer figurbetonten Hose schob. In diesem Moment zitterte Tante Maria leicht, ein Zeichen der Vorfreude, als ich begann, ihr in einer fließenden Bewegung vorsichtig ihr enges Höschen auszuziehen und ihren üppigen nackten Hintern, ihre cremigen Schenkel und ihre wohlgeformten Waden zu enthüllen. Während ich ihr weiter beim Ausziehen der Kleidung half, kniete ich diskret hinter ihr nieder und nahm einen plötzlichen berauschenden Duft ihrer Erregung wahr, als ihre Füße aus dem Salwar schlüpften.

Ich zitterte vor plötzlicher Erregung, als ich Tante Marias üppigen nackten Hintern betrachtete. Ohne Rücksicht auf ihre Kleidung warf sie ihre Kleidung auf den Stuhl, während ich weiter ihre verführerischen Vorzüge betrachtete. Ich war verblüfft, als ich bemerkte, wie viel ansprechender ihr üppiger, runder Hintern in seinem nackten Zustand wirkte. Für einige Augenblicke verschlug es mir die Sprache, als ich ihre atemberaubenden, üppigen Kurven sah.

„Oh mein Gott!", keuchte ich vor Entzücken und konnte meinen Blick nicht von Tante Marias gewaltigen und bezaubernden nackten Hinterbacken abwenden, die ich zum allerersten Mal sah.

Ich stand knapp hinter ihr, sodass ich einen klaren und ungehinderten Blick auf Marias attraktive und freizügige nackte Figur hatte, die Reife und Sinnlichkeit ausstrahlte.

Im Spiegelbild vor mir sah ich ihre üppigen und nährenden mütterlichen Brüste, die sanft herabhingen und ein wenig schlaff waren, gekrönt von ihren dunklen, verlängerten Brustwarzen, die jetzt vor Verlangen erigiert waren. Ihre zierliche, blasse Körpermitte und ihr tiefer Bauchnabel führten zu einem sorgfältig gepflegten Leistenbereich und einem Blick auf ihre funkelnden, rosa Schamlippen. Außerdem fiel mir auch ihr verführerisch glatter nackter Rücken auf, der sich von ihren zarten Schultern über ihren schlanken Bauch erstreckte und ihre üppigen Hüften, ihren kurvenreichen Hintern, ihre prallen Schenkel und ihre verführerisch geformten Waden betonte.

Als ich Marias nackten MILF-Körper zum ersten Mal sah, drückte mein dicker und steifer Penis voller Vorfreude und Verlangen gegen den Stoff meiner Jeans. Ihre Kurven und Silhouetten lösten eine intensive Erregung aus, die ich nicht ignorieren konnte.

Tante Maria bemerkte frech: „Es ist nicht fair, dass du deine Hose noch anhast“, unterbrach mich und riss mich aus meinen Träumen.

Ich murmelte verwirrt: „Was?“ und schlug dann in spielerischem Ton vor: „Warum ziehst du sie mir nicht aus?“ Ich grinste als Antwort.

Marias Gesicht strahlte vor Aufregung, als sie sich zu mir umdrehte. Es war ein beruhigender Anblick, sie sich in ihrer Nacktheit in meiner Nähe wohlfühlen zu sehen. Ich beobachtete gespannt, wie sie auf mich zukam und langsam begann, meinen Gürtel zu öffnen. Mit einer fließenden Bewegung öffnete sie den Knopf und zog mir schnell Jeans und Boxershorts herunter, während sie mir half, aus ihnen herauszusteigen. Sie warf meine Hose lässig auf einen nahegelegenen Stuhl, bevor sie schließlich aufblickte und meinen voll erigierten Penis erblickte.

„Oh mein Gott“, rief Maria schockiert aus und legte ihre Hand vor ihren Mund. „Es ist absolut riesig!“, stotterte sie nervös, während sie versuchte zu verarbeiten, was sie sah.

„Ist die Größe zufriedenstellend für deinen Geschmack?“, fragte ich neckend.

„Ist das dein Ernst? Es ist doppelt so groß wie der Schwanz meines Mannes“, rief Maria aus, während sie langsam aufstand und ihren Blick auf meine beeindruckende Erektion richtete.

Ich fühlte eine Welle der Freude, als ich diese Worte hörte, und meine Gedanken rasten vor Möglichkeiten, wie ich es mit meiner sexy, süßen MILF-Nachbarin machen würde.

„Was kommt als Nächstes?“, fragte Maria und ihre Lippen verzogen sich zu einem sanften Lächeln.

„Ich werde dir gleich etwas zeigen, Tante, wovon ich immer geträumt habe“, antwortete ich voller Vorfreude.

Ich griff nach ihrer Hand und zog sie sanft an mich heran. Ohne zu zögern kam Maria näher und ließ sich von mir in eine warme Umarmung hüllen. Ich beugte mich vor und umschloss ihre schlanke, wohlgeformte Taille mit meinen Armen, während sie im Gegenzug ihre Arme um meinen Hals legte. Gemeinsam zogen wir uns an uns und erzeugten ein Gefühl von Nähe und Intimität in unserer Umarmung.

„Mmm“, murmelten Maria und ich entzückt, als wir zum allerersten Mal das Gefühl erlebten, den nackten Körper der anderen zu streicheln.

Ich genoss das Gefühl ihres sanften und warmen nackten Körpers in meiner Umarmung. Sie genoss den Moment, indem sie ihre schönen großen Brüste, ihren weichen Bauch und ihre dicken Schenkel streichelte. Ich legte zärtlich meinen Mund auf ihre glatten, freiliegenden Schultern und begann, mich küssend zu ihrem zarten, schlanken Hals vorzuarbeiten. Maria zitterte bei den sanften Küssen und umarmte mich fester, wobei sie meinen erigierten Penis gegen ihren schönen Bauch drückte. Gleichzeitig ließ ich meine Hände ihren freiliegenden, breiten Rücken auf und ab gleiten und streichelte sie liebevoll, während ich meine Hände langsam zu ihrem großen, üppigen Hintern bewegte.

„Mhmmm", Tante Maria stöhnte leise zustimmend, als ich sanft ihren schlanken Hals küsste und ihr Vergnügen über meine Taten zum Ausdruck brachte. Sie flüsterte leise „Oh, Carl", als ich begann, ihre großzügig proportionierten und runden Pobacken zu streicheln und mit ihnen zu spielen.

Ich genoss das Gefühl, ihre großen, freiliegenden Pobacken so fest wie möglich zu umklammern und genoss jeden Moment. Als ich von der Liebkosung ihres zarten Halses zu ihren vollen Lippen überging, steigerte sich die Intensität der Erfahrung. Sie reagierte eifrig auf meine Annäherungsversuche und öffnete ihre Lippen, damit meine Zunge sie erkunden konnte. Auf ihren Zehenspitzen stehend drückte sie ihre üppigen Brüste fest gegen meine Brust, was die Erregung noch steigerte. Maria wurde immer faszinierter, als ich weiterhin ihre einladenden Lippen küsste und die Kurven ihres üppigen Hinterns erkundete.

„Mmh! Ah! Oh! Ugh!" Tante Maria stieß leidenschaftliche Laute aus, als wir uns noch einmal innig küssten.

Nach einer kurzen Zeit dieser Aktivität begannen wir beide eine intensive Erregung zu spüren.

Ich hörte langsam auf, ihre Lippen zu küssen und führte sie sanft zum Bett. Maria zögerte ein wenig, gehorchte aber schließlich, als ich ihr befahl, sich hinzulegen. Als ich ihr zusah, wie sie auf das Bett kletterte und sich zurechtrückte, konnte ich nicht anders, als zu bewundern, wie ihre vollen, mütterlichen Brüste schwangen, ihre kurvenreichen Hüften sich bewegten und ihr praller Hintern verführerisch wackelte. Meine Erektion war hart und zitterte vor Vorfreude, als ich sie beobachtete.

Nachdem Maria sich auf dem Bett positioniert hatte, auf dem Rücken lag, den Kopf auf zwei prallen Kissen gestützt und die Beine weit gespreizt, gesellte ich mich zu ihr aufs Bett. Ich kniete mich zwischen ihre Beine und bewunderte die Lust, die in ihren Augen aufblitzte, dann richtete ich meinen Blick auf ihre üppigen Brüste und fixierte schließlich ihre verführerisch feuchte Vagina. Die glatt rasierte Stelle zwischen ihren Beinen und die glitzernde Feuchtigkeit auf ihren Schamlippen übten eine unwiderstehliche Anziehungskraft auf mich aus.

Ich war überwältigt von Hochgefühlen und erwartete die Begegnung mit Spannung. Ich hatte schon seit einiger Zeit davon geträumt, mit meiner verführerischen, verheirateten Nachbarin intim zu sein. Endlich waren meine verbotenen Fantasien kurz davor, Wirklichkeit zu werden. Ich konnte mein Glück kaum fassen und flüsterte dem Himmel meine Dankbarkeit für diese Gelegenheit zu. Ältere Frauen hatten schon immer eine besondere Anziehungskraft auf mich ausgeübt, und die Tatsache, dass eine verheiratete Frau mich ihrem Ehemann vorgezogen hatte, war ein enormer Vertrauensschub und eine Bestätigung meiner Fähigkeit, zu fesseln und zu verführen.

„Sitz nicht einfach nur da und starr mich an. Werde aktiv, Carl. Bitte“, sagte Maria leise und mit einem verführerischen Tonfall, der mich aus meinem Tagtraum riss.

Ich lächelte und sagte: „Entschuldige, ich war damit beschäftigt, deine schöne Figur zu bewundern, Tante.“

„Du kannst es dir ansehen, wann immer du willst“, scherzte Maria, und wir fanden ihren Kommentar beide amüsant.

Ich war erfreut zu bemerken, dass meine Tante entspannter und gelassener wirkte. Ihr ruhiges Verhalten zu sehen, erfüllte mich mit einem Gefühl der Zuversicht und veranlasste mich, ohne zu zögern in Aktion zu treten.

Nachdem ich meine Hände auf die Seiten des Bettes gelegt hatte, brachte ich meine Brust vorsichtig näher an sie heran und sorgte für eine feste Umarmung ihrer üppigen Brüste. Maria sah mir tief in die Augen, ihr Lächeln wurde breiter, als ich mich hinabbeugte, um ihr zärtliche Küsse auf den Hals zu geben.

Maria stieß ein tiefes und langgezogenes „Mmmm“ aus, als ich begann, sie mit Küssen zu überschütten, ihre Stimme voller Leidenschaft und Verlangen.

Ich begann, indem ich sanft ihren schlanken Hals küsste und daran knabberte, während sie liebevoll mit ihren Händen über meinen entblößten Rücken und meine Seiten fuhr. Während ich über ihr kniete, streifte meine feste und pulsierende

Männlichkeit ihren zarten Bauch, was einen Schauer der Vorfreude in mir auslöste. Sie begann, ihre glatten, kurvigen Beine an meiner Taille und meinen Schenkeln zu reiben, was die Intensität des Augenblicks noch weiter steigerte.

Nachdem ich ihren sexy, schlanken Hals mit Küssen überschüttet hatte, bewegte ich mich nach unten. Ich bedeckte ihre üppige nackte Brust mit liebevollen Küssen. Beginnend mit zarten Küssen über und zwischen ihren üppigen, samtigen Brüsten genoss ich das Gefühl ihres pulsierenden Herzschlags, der bei jedem zärtlichen Kuss gegen meine Lippen hallte. Ich hinterließ eine Spur feuchter Küsse um ihren üppigen, reifen Busen und erfreute mich daran, jeden Zentimeter ihrer bezaubernden Figur zu erkunden.

„Mmm. Carl, du machst mich wirklich ganz heiß! Uff! Ich spüre, wie ich angespannt werde, mein lieber Sohn. Mmm. Meine Güte! Du hast ein echtes Talent dafür. Mmm." Marias Stöhnen wurde lauter, als ihre Erregung neue Höhen erreichte.

Nachdem ich sie noch eine Weile spielerisch gereizt hatte, gab ich schließlich nach und richtete meine Aufmerksamkeit auf ihre außergewöhnlich üppigen Brüste. Ich begann mit leidenschaftlichen Küssen am ganzen Körper und genoss das Gefühl ihres üppigen, großen Busens, bevor ich vorsichtig dazu überging, ihre festen, vollen Brustwarzen einzeln sinnlich zu lecken.

„Ooohhhh. Ja!" Maria stöhnte vor Vergnügen, als ich ihre Brustwarzen zum ersten Mal küsste, und schrie auf, als ich begann, sanft an ihnen zu saugen.

Ich begann, indem ich ihre kecken und festen Brustwarzen sanft mit meinen weichen, vollen Lippen küsste, bevor ich sie mit der Spitze meiner Zunge neckte. Langsam ging ich dazu über, ihre Brustwarzen mit meiner Zunge zu streicheln, während ich sanft daran saugte. Sie schien es ungemein zu genießen und wölbte ihre Brust mir entgegen, um weitere Aufmerksamkeit zu erregen. Ermutigt begann ich, an ihren üppigen Brüsten zu saugen und ihre kecken Brustwarzen zu lecken. Als Antwort nahm Maria mein Gesicht in ihre Hände und führte mich von einer Brust zur anderen, wobei sie meine Bewegungen leitete. Mit ihrer Unterstützung konnte ich mich an ihren Bauch lehnen und ihre üppigen Kurven mit meinen Händen erkunden.

In diesem Moment verspürte ich eine Welle intensiver Lust, als mein Körper auf das Gefühl von Marias üppigen Brüsten an meiner Brust reagierte. Das Gefühl, mit meinen Händen über ihre kurvigen Hüften und straffen Beine zu fahren, steigerte mein wachsendes Verlangen nur noch. Trotz des pochenden Gefühls in meiner Leistengegend konzentrierte ich mich einzig und allein darauf, Maria ein gutes Gefühl zu geben.

Nachdem ich eine ganze Weile damit verbracht hatte, Maria durch sanftes Saugen an ihren üppigen Brüsten zu verwöhnen, spürte ich ein Kribbeln auf meinen Lippen. Marias eigene Erregung war deutlich zu spüren, sie zitterte vor Vorfreude und brauchte eindeutig mehr. Als Reaktion auf ihr offensichtliches Verlangen beschloss ich, sie auf unsere erste sexuelle Begegnung vorzubereiten.

„Mmmuah!“, rief ich glücklich aus, als ich ihre feste, dicke Brustwarze aus meinem Mund nahm.

„Carl“, flüsterte Maria leise, „Du machst mich richtig heiß, Liebling!“, sagte sie mit zitterndem Atem.

„Das freut mich zu hören“, antwortete ich und lächelte, während ich mich in eine bequemere Position begab.

„Oh, Carl“, rief Maria mit einem leisen Stöhnen, als ich begann, sanfte Küsse auf ihren zarten weißen Bauch zu hauchen. Ihr Atem stockte vor Vorfreude, als meine Lippen sich langsam nach unten bewegten und seine Berührung Schauer der Lust durch ihren Körper schickte.

Ich überhäufte Marias kleinen Bauch mit liebevollen Küssen und bewegte mich von einer Seite zur anderen, während ich mich an ihrem Körper nach unten arbeitete. Sie reagierte mit einem starken Schaudern, als ich spielerisch meine Zunge in ihren tiefen Nabel steckte, und entlockte ihr ein lustvolles Stöhnen, als ich ihren großzügig bemessenen Bauchnabel leckte und spürte, wie sie als Reaktion ihre Beine um mich schlang. Vorsichtig spreizte ich sanft ihre dicken, weichen Schenkel und küsste mich weiter nach unten zu dem glatten, zarten Bereich zwischen ihren Beinen.

Maria keuchte erschrocken, als sie ausrief: „Carl? Was in aller Welt machst du da?“ Sie traute ihren Augen nicht, als sie sah, wie ich mich ihren glänzenden und prallen Schamlippen näherte. Marias Frage drückte ihre völlige Verwirrung angesichts des unerwarteten Anblicks vor ihr aus.

„Ich möchte dein Inneres schmecken, Tante“, sagte ich lächelnd, bevor ich sie sanft auf den Schritt küsste.

„Oooooo“, rief Tante Maria mit einem tiefen, zufriedenen Knurren aus, als sie spürte, wie meine sanften Lippen ihre eng empfindliche Klitoris berührten. „Aaahhh.“ Mit purer Freude in der Stimme brachte sie ihre Lust eifrig zum Ausdruck, als ich mit meiner Zunge über ihre feuchte und glatte Vaginalöffnung fuhr.

Das pulsierende Gefühl der Vorfreude durchströmte mich, als ich den köstlichen Geschmack von Marias Tante's süßem Moschusduft genoss. Das Einatmen ihres natürlichen Duftes steigerte nur die Intensität meiner Erregung und ließ meine Erektion noch härter werden. Mit glühender Begierde ermutigte ich Maria, ihre Beine weiter zu spreizen und die üppigen Kurven ihrer Schenkel zu enthüllen, während ich gierig begann, ihre feuchte und glitschige Weiblichkeit zu verwöhnen.

Zuerst küsste ich zärtlich jeden Zentimeter ihrer geschwollenen und feuchten Schamlippen, neckte meine ältere Begleiterin spielerisch und steigerte ihre Vorfreude. Ich ließ meine Lippen an ihrer glatten Spalte entlanggleiten und teilte vorsichtig ihre großen Schamlippen, um das verführerische rosa Innere ihrer bezaubernden Vagina freizulegen. Mit großer Erregung betrachtete ich aus nächster Nähe den Anblick von Marias feuchtem und milchigem Intimbereich einer reifen Frau. Anschließend streckte ich meine Zunge aus und begann sie gekonnt zu lecken.

„Wow! Carl! Mmm! Oh mein Gott, was ist das für ein herrliches Gefühl? Ja, mach weiter! Wie schaffst du das so gut? Oh! Das ist unglaublich! Oh meine Güte! Bitte hör nicht auf, Carl. Oh, ja!"

Tante Maria war verblüfft über die intensive und lustvolle Erfahrung des Oralsex.

Ich konnte an ihrer Antwort erkennen, dass ihr Mann im Schlafzimmer wahrscheinlich ziemlich traditionell war, und ich fragte mich, ob er jemals Oralsex mit ihr gehabt hatte. Einen Moment lang kam mir der Gedanke, ob Tante Maria ihm jemals oralen Genuss bereitet hatte oder ob ich die Erste sein würde, die das tun würde.

Dann verdrängte ich diesen Gedanken und richtete meine Aufmerksamkeit darauf, die herrliche Wärme ihres Intimbereichs zu genießen. Ich erkundete sie vorsichtig mit meinem Finger und übte gleichzeitig mit der Zungenspitze sanften Druck auf ihre feste, empfindliche Klitoris aus. Danach führte ich meinen ausgestreckten Zeigefinger in sie ein, bevor ich fest an ihrer erregten Klitoris saugte und dann meinen Finger herauszog. Ihre großen Schamlippen öffneten sich, damit ich meinen Finger tief in ihre feuchte, einladende Vagina schieben konnte.

Maria stieß Lustgeräusche wie „Mm", „Aahh" und „Ooh" aus, während sie weiter stöhnte und ächzte.

Maria stöhnte leise, wenn ich ihre Klitoris spielerisch reizte, aber ihr Stöhnen wurde lauter, als ich begann, mit meinen Fingern tief in ihre Vulva einzudringen. Während ich die Geschwindigkeit meiner Bewegungen steigerte, konzentrierte ich mich eifrig darauf, ihre Klitoris zu verwöhnen, während ich sie weiter tief in ihrer warmen und feuchten Vagina fingerte. Um zu verhindern, dass sich ihre kräftigen Schenkel um mein Gesicht schlossen, hob Maria ihre Beine und hielt sie fest, indem sie ihre Arme unter ihren Knien einhakte. Diese Position ermöglichte mir uneingeschränkten Zugang zu ihrer exquisiten Vagina und ihrem unglaublichen Anus.

Die leidenschaftlichen Geräusche, die sie machte, erregten mich unglaublich, genauso wie die berauschende Erfahrung, ihren herrlichen Intimbereich zum allerersten Mal zu schmecken.

Marias Intimbereich wurde schnell von meinem Speichel durchtränkt, während ich leidenschaftlich ihre Erregung erforschte. Ich behielt einen gleichmäßigen Rhythmus bei und fuhr mit meiner Zunge an ihrer empfindlichen, geschwollenen Klitoris entlang. Eine schelmische Idee beschlich mich und veranlasste mich, meine andere Hand behutsam von ihren feuchten Falten zu dem verlockenden Bereich ihres Anus zu führen. Eine Welle der Erregung durchströmte mich, als ich Tante's zitternde und verführerische hintere Öffnung berührte.

Ich gab mich einem schlampigen Cunnilingus hin, wodurch mein Speichel von ihrer warmen Vagina zu ihrem engen und intimen Anus tropfte, der tief in der Spalte ihrer Pobacken eingebettet war und sie vollkommen feucht machte. Das Gefühl veranlasste mich, meinen Finger sinnlich am Rand ihres zitternden und verengten Hintereingangs entlang zu führen und schließlich eine Fingerspitze mit äußerster Vorsicht hineinzuschieben.

„Oh!", rief Maria überrascht aus, ihre Stimme war voller Schock, als sie das unerwartete Gefühl erlebte. „Was bist du?", fragte sie, ihre Neugier war geweckt. Doch bevor sie ihren Satz beenden konnte, erstarrte sie plötzlich und ihre Augen weiteten sich ungläubig. „Ohhh, Gott!", keuchte sie und ihre Stimme wurde lauter, als sie das aufdringliche Gefühl meiner Fingerspitze in ihrem unberührten, zarten Hintereingang wahrnahm.

„Entspann dich einfach, es wird dir gefallen", sagte ich leise und versuchte sie zu beruhigen.

Dann leckte ich wieder sanft an ihrer warmen, feuchten Vagina und stimulierte ihren engen, beeindruckenden Anus. Es bereitete mir große Freude zu sehen, wie sich ihr schönes Gesicht vor Lust verzog, als sie sich allmählich dem Höhepunkt ihrer Erregung näherte. Ich umschloss ihre losen Schamlippen mit meinem Mund und übte festen Druck aus, während meine Zunge eifrig an ihrer erigierten Klitoris arbeitete. Gleichzeitig behielt ich den Rhythmus bei, einen Finger in ihre feuchte Vagina einzuführen und mit einem anderen Finger tiefer in ihren verengten Enddarm vorzudringen.

„Oh mein Gott, Carl ... was hast du vor ... Oh ... das fühlt sich unglaublich an ... JA!“

Marias Stimme war voller Verlangen, als sie ein leidenschaftliches Stöhnen ausstieß.

Ich genoss weiterhin den Duft ihres Intimbereichs und erkundete mit meinen Fingern weiter ihren engen Hintereingang. Das Gefühl schien eine feurige Leidenschaft in ihr zu entfachen, als sie sich schnell dem Höhepunkt ihrer Lust näherte. Ihre Lustschreie verwandelten sich in erwartungsvolles Keuchen, als sie sich dem Höhepunkt ihrer Ekstase näherte.

Ich spürte, wie sich der Körper meiner Tante anspannte, als sich ihre muskulösen Schenkel langsam um meinen Kopf schlossen. Trotz des Luftmangels beharrte ich darauf, sie zu verwöhnen, indem ich aufmerksam ihre Vagina stimulierte und ihren Hintern streichelte, entschlossen, ihr einen unvergesslichen Orgasmus zu bescheren. Der Moment ihrer Erlösung kam schnell und Maria brach in einem kraftvollen Höhepunkt aus.

„Ooohhh, jaaaaaa!“ stöhnte Maria mit großer Intensität, ihre Stimme hallte vor Lust wider. Sie stieß einen lauten Schrei der Ekstase aus, als sie den Höhepunkt ihres Höhepunktes erreichte und spürte, wie Wellen der Lust ihren ganzen Körper durchfluteten.

„Mmhhh!“, keuchte ich überrascht, als die erste Welle ihrer warmen, glitschigen Erregung aus ihrem sich zusammenziehenden Innersten strömte und auf meinen Mund und meine Lippen spritzte. „Mmm“, stöhnte ich lustvoll und verwöhnte sie weiterhin, indem ich sie leckte und sanft mit meinen Fingern in sie eindrang. Ein Finger drang tief in ihren engen Hintereingang ein, während ich mich auf ihren bebenden, sich dem Höhepunkt nähernden Sex konzentrierte.

Maria war während eines kraftvollen Orgasmus von Freude überwältigt, ihr Körper zuckte und zitterte jedes Mal, wenn ich sie zum Höhepunkt brachte. Als sie kam, umklammerten ihre weichen und dicken Schenkel meinen Kopf fest, aber ich war zu sehr mit meiner eigenen Erregung beschäftigt, um darauf zu achten. Die Nässe aus ihrer Muschi tropfte bald in ihre hintere Spalte und verlieh ihrem zitternden Hintern eine glitschige Textur. Tante schien sich leicht zu entspannen, nachdem sie den Höhepunkt der Lust über eine Minute lang erlebt hatte.

„Whoa!“ Ich rief überrascht aus und rang nach Atem, als ihre muskulösen Schenkel endlich ihren intensiven Griff um meinen Kopf lösten und ich mich zurückziehen konnte.

„Umph!“ Maria stöhnte leise, als ich langsam meine Finger aus ihrer feuchten Vagina und engen Analöffnung zog, worauf sie ein leises Luststöhnen ausstieß. Dann seufzte sie leise und entspannte sich auf dem Bett, wobei sie ihre schönen Beine weit auseinander spreizte.

Ich lehnte mich auf meinen Fersen zurück und beobachtete mit einem pulsierenden, geschwollenen Phallus, wie ihre Muschi vor Lust zuckte und ihr glänzender Hintern. Geistesabwesend streichelte ich mein erigiertes Glied und bewunderte ihre exquisite nackte Gestalt, die in der angenehmen Nachwirkung eines überwältigenden Höhepunkts erzitterte. Allein der Anblick war befriedigend und diente als Beweis dafür, dass meine Fähigkeiten mit der Zeit und Übung zunahmen.

Während ich geduldig über meine nächste Aktion nachdachte, überfluteten mich eine Reihe lebhafter Erinnerungen. Ich erinnerte mich an die heißen Begegnungen, die ich mit Marias Tochter Sandra in der Privatsphäre ihres eigenen Zimmers hatte. Auch der verbotene Nervenkitzel dieser nächtlichen Rendezvous auf ihrer Dachterrasse kam mir wieder in den Sinn. Die verlockende Vorstellung, die Mutter zu verführen, nachdem ich mich bereits den Vergnügungen mit der Tochter hingegeben hatte, löste in mir ein tiefes Gefühl der Erregung aus und machte mich begierig, weiterzumachen.

Nach kurzer Zeit schaffte es Maria, den Mut aufzubringen, ihre Augen zu öffnen und mich mit einem Ausdruck der Begierde anzuschauen.

„Willst du meinen Schwanz?“, fragte ich mit einem Grinsen im Gesicht.

Marias Gesicht strahlte vor Aufregung, als sie eifrig zustimmte und ausrief: „Ja, bitte!“ Ihre Augen waren voller Vorfreude, als sie mich anflehte, ihre Hand in einer Geste der Sehnsucht ausgestreckt.

„Du musst ihn erst vorbereiten“, sagte ich und grinste.

Maria sah mich mit einer Mischung aus Neugier und Überraschung an, als ich mich um sie herummanövrierte, um mich in eine halb liegende Position auf dem Bett zu legen. Mein oberer Rücken und mein Kopf fanden Halt auf dem weichen, gepolsterten Kopfteil.

Ich spreizte meine Beine weit und wies meine Tante sanft an, sich in die Mitte des Bettes zu knien. Fasziniert von meiner Bitte kam sie sofort nach und nahm ihren Platz ein, während ich es mir bequemer machte.

Ein zufriedenes Lächeln huschte über mein Gesicht, als ich beobachtete, wie ihre üppigen, mütterlichen Brüste bei jeder Bewegung schwankten und leicht herabhingen.

Das weiße Bettlaken auf der anderen Seite wies einen großen, feuchten Fleck auf, ein Beweis dafür, wo ihre Erregung nach meinem Weggang Spuren hinterlassen hatte.

„Hast du schon mal einen Schwanz gelutscht?", fragte ich.

„Was?", stammelte Maria überrascht. „Ich wusste nicht, dass das möglich ist", gestand sie verlegen.

„Keine Sorge, Tante. Ich kann dir zeigen, wie es geht", beruhigte ich sie, bevor ich mit der Erklärung begann.

Ich erzählte ihr Einzelheiten über die männlichen erogenen Zonen und sie wurde immer erregter, während sie zuhörte. Ich besprach die verschiedenen empfindlichen Stellen wie Hals, Rücken, Genitalien und Hoden. Sie schien sichtlich interessiert, als ich die Techniken für einen befriedigenden Handjob und gekonnten Oralverkehr erläuterte. Ihr Gesicht erstrahlte in einem Lächeln, als ich die zarte und doch hochempfindliche

Natur der Hoden erwähnte. Sie setzte sich aufrecht hin, ihre üppigen Schenkel unter ihren bequemen großen Hintern geschoben, und nahm aufmerksam alle Informationen auf, die ich ihr gab, während sie subtil ihr üppiges Dekolleté entblößte.

Ich beendete meine Erklärung innerhalb kurzer Zeit und bedeutete ihr, fortzufahren.

Tante Maria starrte erstaunt auf die Größe meines erigierten Penis, ihre Augen waren voller Überraschung und Neugier. Langsam streckte sie ihre Hand danach aus und legte ihre Finger zart um die beeindruckende Länge. Ihre Berührung war sanft und warm, ihre Fingerspitzen konnten sich gerade so um die Dicke meines kräftigen Schafts legen. Ich beobachtete, wie sich ihre Augen ungläubig weiteten angesichts des schieren Umfangs meines geschwollenen Glieds.

„Jaaaa", flüsterte ich lustvoll, als ich die wohlige Wärme ihrer Berührung auf meiner Haut spürte. „Jetzt gleite mit deinen Händen sanft über meinen Schaft und folge dieser Bewegung", ich führte sie durch die Bewegung und zeigte ihr, wie sie ihre Hände an meinem erigierten Glied auf und ab bewegen sollte.

„Mmm", Maria stöhnte tief und lustvoll auf, als sie eifrig begann, mich mit ihrer Hand zu stimulieren.

„Ja, das ist es ... sei sanft zur Eichel ... ja, genau so ... oh, Tante ... mmm ... ja ... das ist perfekt ... oh ja!" Ich begann zustimmend zu stöhnen und genoss die erregende Handstimulation meiner attraktiven Nachbarin.

Ich konnte nicht anders, als ihre üppige nackte Brust zu bemerken, während mein Blick verweilte, und fühlte eine Welle der Erregung, als ich sah, wie ihre großen Brüste bei jeder absichtlichen Bewegung sanft schwankten. In diesem Moment kam mir erneut eine Inspiration.

„Ich habe eine andere Idee“, flüsterte ich. „Du könntest auch deine tollen Brüste verwenden, um meinen Schwanz zu verwöhnen“, schlug ich vor und demonstrierte ihr die Technik.

Maria schien von dem Vorschlag begeistert zu sein und beugte sich eifrig nach unten, um meinen erigierten und großen Penis zwischen ihre üppigen und plüschigen Brüste zu schieben. Ich beobachtete mit wachsender Vorfreude, wie sie fortfuhr, ihre Brust auf und ab zu bewegen, während sie die ganze Zeit beide Hände einsetzte, um sicherzustellen, dass ihre voluminösen Brüste meine beträchtliche Erektion fest umschlossen. Die festen und ausgeprägten Brustwarzen an ihren Brüsten streiften ständig meine Leistengegend und stimulierten sie, während sie ihre Bewegungen fortsetzte. Eine Welle der Lust überkam mich, als ich das herrliche Gefühl ihrer zarten und warmen Brüste erlebte, die meine pochende und erhitzte Männlichkeit streichelten.

„Absolut ... oh ja ... das fühlt sich großartig an ... hmm ... genau da ... ja, genau so ... ja, Tante ... du machst das großartig.“

Während ich lustvolle Laute ausstieß, blickte ich tief in ihre leidenschaftlichen und begierigen Augen.

Marias Gesicht erhellte sich mit einem breiten Lächeln, als sie mir zusah, wie ich den verlockenden Tittenfick genoss, und in diesem Moment schien es, als ob sie einige ihrer Vorbehalte fallen ließ. Es war mir klar, dass sie begeistert war, zu erkennen, dass es eine ganz neue Welt sexueller Lust jenseits des langweiligen und routinemäßigen Geschlechtsverkehrs gab, an den sie sich in ihrer Ehe vor Jahren gewöhnt hatte. Ihr Eifer, mir zu gefallen, strahlte durch, als sie meinen Befehlen nach den überwältigenden Orgasmen, die ich ihr gerade beschert hatte, eifrig gehorchte. Die Art, wie sie enthusiastisch anfing, meinen Schwanz zu lutschen, zeigte, wie sehr sie darauf erpicht war, diese neu entdeckte Leidenschaft gemeinsam zu erkunden und sich ihr hinzugeben.

Ich beobachtete mit einem Gefühl zunehmender Vorfreude, wie sie sich schnell zurückzog und meinen kräftigen, erigierten Penis mit beiden Händen ergriff. Sie starrte erstaunt auf meine beträchtliche, steife Erektion und bemerkte die markanten blauen Adern, die entlang der Länge des Schafts verliefen, und die Vergrößerung meines beträchtlichen Eichel. Sie bewegte ihre Hand nach unten und umschloss sanft meine großen, mit Sperma gefüllten Hoden. Allmählich senkte sie sich, bis ich die Wärme ihres Atems an der zarten Spitze meines beschnittenen Penis spüren konnte.

„Du hast einen schönen Schwanz, Carl", sagte Maria, bevor sie die Spitze meines großen Penis mit ihren nassen Lippen küsste.

„Oh, ja", atmete ich mit einer Mischung aus Lust und Erregung aus, als ich das Gefühl spürte, wie ihre Lippen meine geschwollene Spitze umschlossen. Mein Ausruf „Tante!" entrang sich meinen Lippen, als ich eine Welle der Erregung verspürte, als sie begann, meine große Erektion mit bewusster Langsamkeit tiefer in ihren Mund zu nehmen.

Maria hielt direkten Augenkontakt mit mir und beobachtete genau meine Reaktion, während sie mit ihrem Mund mit meinem festen und steifen Penis experimentierte.

Ich zitterte, als sie ihre prallen Lippen um meine empfindliche Spitze schloss und stöhnte vor Lust, während sie sinnlich die Unterseite meines großen, pochenden Schafts leckte. Ihr Griff um mein Glied war fest, als sie es langsam streichelte, während ihre andere Hand liebevoll meine Hoden streichelte. Gleichzeitig nahm sie meine massive Erektion allmählich tiefer in ihren warmen, einladenden Mund. Ihre üppigen Brüste schwangen verlockend, als ich spürte, wie ihre steifen Brustwarzen meine Schenkel streiften. Unfähig zu widerstehen, streckte ich die Hand aus und neckte spielerisch ihre üppigen Titten.

Ich war voller Erregung und Entzücken, als ich sie ansah und die unglaublichen Gefühle ihrer gekonnten oralen Lust erlebte.

„Mmm ... mmm ... hmm ... mmm", stöhnte Maria weiterhin leise und lustvoll, während sie meinen dicken großen Schwanz stetig tiefer in ihren kleinen, gedehnten Mund nahm.

„Aack", würgte sie laut, als meine geschwollene Eichel gegen ihren Rachen stieß.

„Gaah", keuchte sie, als sie ihren Kopf wegzog und meinen schlaffen, steifen Schwanz aus ihrem Mund ließ.

Ich grunzte enttäuscht und sagte: „Hör nicht auf. Du musst lernen, ihn tief in deinen Hals zu nehmen. Atme tief ein und sauge weiter, entspanne deinen Hals, wenn er dort ankommt, und halte den Atem an, okay?", wies ich sie an.

„Es tut mir leid, er ist zu groß, als dass ich ihn auf einmal essen könnte", sagte Maria entschuldigend. „Aber ich werde mein Bestes geben, so viel wie möglich zu essen, okay?" Sie wollte mich unbedingt glücklich machen.

Ich machte eine stumme Geste der Zustimmung, gefolgt von einem warmen Lächeln. Maria ließ sich dann wieder nieder und kniete nieder, um mich oral zu verwöhnen. Sie öffnete ihren Mund weit, damit mein steifer Penis problemlos hineinpasste, und hielt ihn mit ihrer Hand fest. Dadurch konnte sie mich tiefer und leichter in sich aufnehmen. Ich war von dem Gefühl begeistert und lehnte mich zurück, um das intensive Vergnügen ihrer gekonnten oralen Technik zu genießen.

„Mmm ... hmm ... mmh ... mmph ... mmm ... mmph ... hmmm ... mmph!" Maria stieß Laute der Lust und des Unbehagens aus, als sie meinen großen, erigierten Penis tief in ihren engen Hals nahm und leise würgte.

Gleichzeitig ließ Maria ihre Hand sanft über den unteren Teil meines festen, erigierten Penis gleiten und streichelte liebevoll meinen glattrasierten Hodensack. Nach und nach tropften Tropfen ihres Speichels herab, während sie ihn mit ihrer zarten Berührung gekonnt über meinen gesamten Schaft strich. Es war offensichtlich, dass sie meine kräftige Erektion so befeuchten wollte, dass sie mühelos in ihre Vagina gleiten konnte. Daher beharrte sie darauf, ihre orale Stimulation meines kräftigen Glieds zu vertiefen, während sie den Druck ihrer Handbewegungen über einen längeren Zeitraum hinweg stetig erhöhte.

„Genug, bitte halt!", rief ich, als die überwältigenden Empfindungen sich unkontrollierbar verstärkten.

Ich packte ihr Gesicht fest mit beiden Händen und stoppte sanft ihre Bewegung, als sie versuchte, ihren Kopf zu heben. In diesem Moment keuchten wir beide schwer, unsere Blicke waren von einem tiefen Gefühl der Begierde geprägt. Es war mir klar, dass Tante Maria enorm erregt war, wie ihr leidenschaftlicher Blick und ihr unregelmäßiger Atem zeigten. Auch ich verspürte eine überwältigende Begierde nach intimen Aktivitäten.

In diesem Moment war mein großer und fester Penis so steif, dass er Unbehagen verursachte. Außerdem pulsierten meine mit Sperma gefüllten Hoden mit einem dumpfen Schmerz, als mein Erregungsniveau seinen Höhepunkt erreichte.

„Bitte fick mich!“, rief sie. Maria war eindeutig in einem hocherregten Zustand und wimmerte verzweifelt, um sexuelle Aktivitäten auszuführen.

Ich hatte plötzlich eine brillante Idee, die boshafter Natur war.

„Ich will dich in alle deine Löcher ficken“, sagte ich kühn.

„Was meinst du?“, sagte Maria und klang verwirrt. „Ich erlaube dir bereits, Sex mit mir zu haben.“

„Ich hatte bereits Oralsex mit dir und du bist bereit, dass ich deine Muschi ficke“, sagte ich ihr und beobachtete ihre Reaktion. „Aber ich möchte auch Analsex mit dir haben.“

„Was!“, rief Maria schockiert aus. „Aber, Carl. Du darfst ihn nicht da reinstecken.“

„Ich kann meinen Schwanz überall reinstecken, wo er hinpasst, und du weißt, wie sehr ich von deinem wundervollen Arsch fantasiert habe. Wenn du mich also nicht deinen Arsch ficken lässt, dann ...“ Ich ließ die Drohung unausgesprochen, aber sie verstand.

Maria war sichtlich erschöpft und nervös und musterte hektisch ihre Umgebung, während sie versuchte, schnell eine Lösung zu finden, da sie meine wachsende Frustration spüren konnte. Es war klar, dass sie entschlossen war, die Gelegenheit, nach so langer Wartezeit endlich Geschlechtsverkehr zu haben, nicht zu sabotieren. Da ich ihr Unbehagen spürte, beschloss ich, abzuwarten und sie über ihren nächsten Schritt nachdenken zu lassen. Während dieses angespannten Moments streichelte ich lässig und ohne Scham weiter meinen erigierten, glänzenden Penis. Schließlich fixierte Marias Blick mein großes, pochendes Glied und es schien, als hätte sie eine Lösung gefunden.

„Okay", stimmte Tante Maria widerstrebend und mit einem Seufzer zu, „du kannst analen Sex mit mir haben. Versprich mir nur, sanft zu sein", bat sie.

„Sicher, ich würde dir nie wehtun wollen", beruhigte ich sie und grinste, was sie anscheinend wieder begeisterte. „Ich garantiere, dass du dich immer an unser erstes Mal erinnern wirst", versprach ich selbstbewusst und war mir sicher, dass ich mein Wort halten würde.

„Warum kommst du nicht und legst dich hier hin, Tante?", bot ich an, als ich aufstand, um Platz für Maria zu machen.

Ich kniete nieder und beobachtete, wie Tante Maria ein paar Kissen hinter ihre Kopfstütze legte und sich zurücklehnte. Dann spreizte sie ihre üppigen Beine und bot mir einen lebhaften Blick auf ihre glänzende und cremige Vagina. Mein großer und glatter Penis zuckte vor Erregung, als ich mich ihr näherte. Als ich mich zwischen ihre ausgestreckten Beine legte, stellte ich sicher, dass meine geschwollene und glitschige Penisspitze direkt mit ihren feuchten und zarten Schamlippen in Kontakt war.

„Mmmm ... Carl ... fick mich ... bitte", stöhnte Maria tief und leidenschaftlich und flehte mit sinnlichem Ton in der Stimme. Ihre Schreie waren voller Verlangen und Sehnsucht, als sie ihren Urinstinkten nachgab.

Das inspirierte mich zum Handeln und ich führte die geschwollene Spitze meines Penis vorsichtig in ihre nasse und enge MILF-Muschi ein.

„Ohhhhh“, stöhnte Maria tief und lang, als mein großzügig bemessener Penis begann, ihre enge und nasse Vagina zu öffnen und allmählich tiefer in sie einzudringen. „Aaahhh!“ In einem Zustand der Lust und des Verlangens sprach sie leidenschaftlich meinen Namen aus und umarmte mich fest in einer warmen Umarmung, sehnte sich nach mehr Intimität.

„Oh ja“, stöhnte ich vor Vergnügen, während ich meinen großen, erigierten Penis langsam tiefer in ihre heiße, feuchte Vagina schob.

Ich hielt kurz inne, als ich spürte, wie mein steifes, glattes Glied halb in ihre warme, cremige Vagina eindrang. Ich ließ Maria einen Moment Zeit, sich an meine beachtliche Größe zu gewöhnen, und schlang meine Arme fest um sie. Ich spürte den Druck ihrer üppigen Brüste an meiner Brust und ihre muskulösen Schenkel um meine schlanke Taille. Ihr Kopf schmiegte sich an meinen Hals und ich spürte jedes Mal ein Kribbeln der Lust, wenn ihr warmer Atem meine zarte Haut streifte.

Während ich geduldig darauf wartete, dass meine Tante sich entspannte, ließ ich meine Hände sanft über ihre üppigen Kurven gleiten. Angefangen bei ihren seidigen Schultern, wanderte ich hinunter zu ihrer verführerischen, schlanken Taille und weiter zu ihren beeindruckenden, üppigen Schenkeln. Schließlich griffen meine Hände nach außen und umfassten Handvoll ihrer weichen, üppigen Pobacken. Während dieses intimen Moments verweilte mein Gesicht dicht an ihren Ohren, sodass ich ihre Haut zärtlich küssen und daran knabbern konnte, was intensives Verlangen in ihr weckte.

„Ohh ... mmm ... Ohh ... mmm ... aah ... hmm!“ Tante Maria begann zu stöhnen und zu ächzen, als ich begann, sie sanft zu ficken.

Mein freiliegender Po wiegte sich sanft, als ich meinen erregten und geschmierten Penis allmählich tiefer in Tante Marias eifrige und einladende Vagina schob, bis jeder Zentimeter meiner massiven Erektion vollständig untergetaucht war.

„Ohh“, stöhnte Maria leise und drückte eine Mischung aus Schmerz und Lust aus, als sie nach langer Zeit wieder eine Penetration in ihrer Vagina erlebte. „Carl“, rief sie, bevor sie mich losließ und mich drängte, mich von mir zu entfernen. „Fick mich!“, forderte sie selbstbewusst und sah mir direkt in die Augen.

Ich brauchte keine Anweisungen, als ich begann, leidenschaftlich mit ihr Liebe zu machen. Ich behielt einen sanften und gleichmäßigen Rhythmus bei, während ich stieß, und stellte sicher, dass meine gesamte Männlichkeit tief in ihr war. Mit jeder Bewegung glitt mein kräftiges und steifes Glied von der Spitze bis zur Basis in ihrem fest umklammerten Intimbereich. Als sie ihren Griff lockerte, stützte ich mich sofort auf beiden Seiten auf meine Ellbogen, um ihre wunderschönen großen Brüste streicheln zu können. Dann fuhr ich fort, sanft ihren prächtigen, üppigen Busen zu drücken und zärtlich daran zu saugen, während ich weiterhin langsam und intim mit ihr Liebe machte.

„Oh, ja ... mmm ... hör nicht auf ... oh Carl ... du machst es genau richtig ... lutsch meine Titten ... mmm ... das gefällt mir ... steigere die Intensität, bitte ... ja, übe mehr Druck aus ... ahh ... genau so ... es fühlt sich so gut an!" Marias Lautäußerungen wurden intensiver, als sie ihre Lust ausdrückte und mich drängte, sie weiter zu stimulieren.

Das erregte mich sehr, denn ich hätte nie erwartet, dass meine scheinbar gewöhnliche Nachbarin auf provokante Weise sprechen würde.

Es erzeugte ein starkes Gefühl der Erregung in mir, wodurch mein bereits steifer Penis noch härter wurde, als er in ihre warme, feuchte Vagina eindrang. Als sie begann, sich synchron mit meinen Stößen zu bewegen, befestigte sie ihre Füße hinter meinem Rücken und schlang ihre dicken Beine um meine Taille. Diese Aktion veranlasste sie, ihren üppigen Hintern jedes Mal vom Bett zu heben, wenn ich nach vorne stieß. Dabei nahm Maria, die ältere Frau, meinen großen, erigierten Penis mit jeder Bewegung tief in ihre gierige, heiße Vagina auf. Währenddessen streichelte ich weiter ihre großzügig bemessenen Brüste und saugte eifrig an einzelnen ihrer festen, verlängerten Brustwarzen.

Tante Maria wurde im Laufe der Minuten des langsamen und stetigen Liebesspiels immer erregter. Ich spürte ihre steigende Erregung, griff vorsichtig mit meiner rechten Hand nach unten und stimulierte geschickt ihre empfindliche Klitoris. Während der gesamten intimen Begegnung hielt ich einen sinnlichen Rhythmus aufrecht und drang weiterhin mit meinem festen und erigierten Glied in ihre warme und feuchte Vagina ein. Marias Körper spannte sich als Reaktion darauf an und ihre Augen weiteten sich überrascht.

Ich sah sie liebevoll an und lächelte sanft, während ich mich mit ihr vergnügte, sanft ihre üppige Brust streichelte und ihre harten Brustwarzen neckte. Infolgedessen zog sich ihre feuchte, warme Vagina um meine kräftige Erektion zusammen, was unsere Verbindung intensivierte. Ich konnte nicht anders als bei diesem Anblick zu lächeln, als ich beobachtete, wie Marias Lust ihren Höhepunkt erreichte.

„Oh meine Güte ... Carl! ... Carl! ... Carl! ... oh je ... Aaaahhhh!" Maria stöhnte immer lauter, als sie den Höhepunkt ihrer Lust erreichte. Ihre Schreie der Ekstase wurden immer intensiver, als sie nach mir rief, und gipfelten schließlich in einem lauten Schrei purer Freude im Moment ihres Höhepunkts.

„Ohhhh", stöhnte ich leise, als ich das intensive Gefühl ihrer engen und nassen Muschi spürte, die meinen großen und harten Penis umklammerte. „Entspann dich einfach und genieße es, Tante", flüsterte ich sanft in ihr Ohr, als sie mich festhielt.

Ich genoss das herrliche Gefühl ihres geschmeidigen, unbekleideten Körpers, der inmitten eines kraftvollen Orgasmus heftig zitterte. Ihre nasse Vagina zuckte um meinen gesamten erigierten Penis, während ich seine Position tief in ihrer zum Höhepunkt kommenden Vagina beibehielt. Ich bewegte meine Hüften weiter vor und zurück und stimulierte ihre empfindliche Stelle gekonnt mit der Spitze meines geschwollenen Penis. Infolgedessen erlebte Tante Maria einen ausgedehnten und intensiven Höhepunkt.

Ich blieb bewegungslos und hielt den Atem an, während ich mich zurückhielt, zu früh übermäßig enthusiastisch zu werden. Gleichzeitig genoss ich es, sanft mit meinen Händen über ihre exquisite, üppige Figur zu streichen, um sie zu trösten.

Tante Maria gewann schließlich ihre Fassung zurück und ließ ihren Griff um mich los. Als ich aufstand, bemerkte ich, dass sie erschöpft wirkte, ihr blasser Körper war mit einem Schweißfilm bedeckt. Sie keuchte schwer und lag mit wahllos gespreizten Beinen da. Ihre Augen waren geschlossen und sie lag regungslos da, nur ihre üppige nackte Brust bewegte sich mit jedem Atemzug. Ihre Brüste hingen an den Seiten leicht herab, während ihre langen braunen Brustwarzen erigiert blieben. Als ich mich langsam von ihr entfernte, rollte sie sich auf die Seite und rollte sich in die Fötusstellung zusammen.

Als ich sie nach ihrem heftigen Orgasmus beobachtete, wie sie bloß und wehrlos dalag, erfüllte mich das mit intensivem Verlangen. Erst als ich sicher war, dass sie sich wieder gefasst hatte, rückte ich vorsichtig näher an sie heran und spürte, wie die Vorfreude wuchs, als die Spitze meiner Erektion sanft ihre großen, glatten Pobacken streifte.

„Mmm ... Carl, du hast mich völlig erschöpft", murmelte Tante Maria müde und öffnete langsam ihre Augen, um mich anzusehen.

„Ich bin noch nicht fertig, Tante", antwortete ich entschlossen. Mein Ton war fest, was darauf hindeutete, dass ich noch mehr zu tun hatte und noch nicht bereit war, aufzuhören.

Dann streckte ich die Hand aus und hob sanft ihre große, weiche linke Pobacke, wodurch ihre enge und tiefe Pofalte freigelegt wurde. Der Duft ihrer natürlichen Essenz erfüllte die Luft und erzeugte ein prickelndes Gefühl der Erregung in mir. Ich packte den Schaft meines pochenden und feuchten Penis und positionierte seine geschwollene Spitze direkt über ihrem Intimbereich. Langsam neckte ich ihre zarte rosa Vagina mit der Spitze meines empfindlichen Glieds und entfachte so erneut ihr Verlangen.

Danach bewegte ich meine Hüften nach vorne und übte Druck aus, während ich mit meinem pochenden, großen Penis stetig in ihre warme, feuchte Vagina eindrang.

„Oooooh." Maria stöhnte lang und leise, als sie spürte, wie mein harter Penis in ihre warme und begierige Vagina eindrang. „Ja. Oh! Ah! Ja! Ah! Ohh! Yeah! Carl! Oh, mein Sohn! Ah! Liebe mich!" Sie begann schnell zu stöhnen, was mich dazu drängte, schneller zu werden und schneller Sex mit ihr zu haben.

Ich kam ihrer Bitte nach und erhöhte das Tempo meiner Bewegungen. Meine Hüften bewegten sich schnell, wodurch meine Leistengegend und meine Hoden mit ihren kräftigen, runden Pobacken kollidierten. Der Aufprall erzeugte eine herrliche Wackelbewegung in ihrem üppigen Hintern. Als ich das bemerkte, ließ ich ihren üppigen Hintern los und begann, ihre verführerischen, mütterlichen Brüste zu streicheln. Ich übte Druck aus, während ich ihre großen, weichen Brüste streichelte und an ihren verlängerten, festen Brustwarzen zog.

„Aah! Ooh! Aah! Ja! Oh! Oh! Aah! Carl! Oh yeah!" Marias leidenschaftliche Schreie waren nur ein bisschen lauter als das klatschende Geräusch meines Beckens, das auf ihren weichen, freiliegenden Hintern traf, als ich in ihre warme, feuchte Vagina stieß.

Als ich beobachtete, wie sie vor wachsender Lust zitterte und den leidenschaftlichen Stöhnen lauschte, die ihren Lippen entkamen, erfüllte mich das mit einem noch größeren Gefühl der Erheiterung. Als Reaktion darauf senkte ich meine rechte Hand und legte meinen Daumen sanft auf ihren zitternden Anus, bevor ich ihn langsam einführte.

„Au!“ rief Tante Maria laut, als sie spürte, wie mein dicker, kurzer Daumen ihren engen Anus weitete und in sie eindrang, „Ooohhh! Pssst! Aaah! Oooh! Aaah! Ooh! Carl! Carl! Oh, Carl!“ Sie fing schnell an zu weinen und mit leidenschaftlicher Stimme zu rufen.“

Über einen längeren Zeitraum beschäftigte ich mich mit ihr intim, drang in ihre feuchte Vagina ein und stimulierte ihren engen Anus, während ich ihre üppigen Brüste streichelte. Obwohl Maria Tränen vergoss, drückte sie ihre Lust bei jeder leidenschaftlichen Bewegung durch lustvolles Stöhnen aus. Die Kombination aus Schmerz und Lust steigerte ihre Erregung und führte schließlich zu einem Höhepunkt intensiver Lust.

Marias Tante rief zweimal atemlos meinen Namen: „Carl! Carl! Aaahhhh!“, bevor sie meinen Namen laut schrie und mit einem schreienden Orgasmus kam.

Marias Körper erstarrte, als sie sich zusammenrollte, überwältigt von der Intensität eines weiteren kraftvollen Orgasmus. Ich hielt inne, meine beträchtliche Erektion war nur halb in ihr, während ich weiterhin ihre großen Brüste streichelte und ihren engen Analkanal mit meinen Fingern erkundete. Ihre Augen waren fest geschlossen, ihr Mund stand in einem stillen Ausdruck der Lust offen, während sie bei jeder weiteren Welle intensiver Höhepunkte zuckte.

Auf diese Weise erlebte Tante einen gewaltigen Höhepunkt, der länger als eine Minute anhielt. Während der gesamten Episode behielt ich diese Position bei, wobei mein dicker, steifer Penis tief in ihrer zitternden, zum Höhepunkt kommenden Vagina vergraben war. Ich genoss auch die wohlige Wärme ihrer nährenden Brüste und die intensive Hitze ihres unberührten Hintereingangs. Als ich sah, wie Tante Maria zum dritten Mal innerhalb einer Stunde den Höhepunkt der Lust erreichte, durchströmten mich Wellen intensiver Erregung. Mit jedem Augenblick wuchs meine Vorfreude weiter, bis sie ihren Höhepunkt erreichte.

Da traf ich die Entscheidung, dass ich Sex mit Tante Marias Hintern haben wollte.

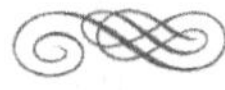

„Was hast du gedacht, Tante?“, flüsterte ich sanft, als ich bemerkte, wie sie nach dem gewaltigen Höhepunkt ein Gefühl der Entspannung überkam.

„Wow! Ich hätte nie gedacht, dass du so viele neue Gefühle in mir wecken kannst, Carl. Ich glaube, ich werde süchtig nach dir, wenn wir so weitermachen“, antwortete Maria grinsend.

„Das ist toll zu hören“, antwortete ich lächelnd. „Ich habe noch eine Öffnung zu erkunden“, sagte ich, während ich meinen festen, geschmierten Penis sanft aus ihrer tropfenden, orgasmischen Vagina zog.

„Mmmm“, seufzte Maria und wurde dann etwas besorgt, als sie meine Absicht verstand, und fragte: „Bist du sicher, dass Analsex in Ordnung ist? Ich habe ein bisschen Angst.“

„Ich verstehe, dass es anfangs schmerzhaft sein kann, aber letztendlich wird es dir gut gehen“, bemerkte ich ehrlich.

Maria hielt einen Moment inne und dachte über die Sache nach, bevor sie schließlich mit einem subtilen Nicken ihre Zustimmung gab.

„Also gut. Wie schlägst du vor, dass wir weitermachen?", fragte Maria, und ihre anfängliche Besorgnis wich allmählich einem Gefühl der Neugier, das sich in den zarten Zügen ihres Gesichts widerspiegelte.

„Bleib ruhig. Folge meinen Anweisungen, und du wirst auch beim Analsex Freude finden", beruhigte ich sie, bevor ich ihr sagte, sie solle die richtige Position einnehmen.

Maria wandte sich mit bewusster Langsamkeit von mir ab und ließ sich auf Hände und Knie nieder. Sie befolgte meine Anweisungen und wölbte ihren Rücken, wodurch ihre voluminösen nackten Hinterbacken verführerisch hervorstanden. Der Anblick ihres üppigen Eingangs und ihrer zitternden, straffen hinteren Öffnung, die sie mir präsentierte, löste eine Welle intensiver Erregung aus und ließ mein steifes Glied vor Erregung pochen.

Obwohl mein erigierter Penis durch ihre Erregung bereits feucht war, beschloss ich, noch etwas mehr Gleitmittel aufzutragen. Ich entdeckte eine Vaselinedose auf dem Frisiertisch und ging hinüber, um sie zu holen. Als ich zurückkam, stellte ich mich hinter ihren üppigen Hintern und nahm mit zwei Fingern eine großzügige Menge Vaseline, bevor ich das Glas beiseite stellte. Den Großteil der Vaseline trug ich auf meine geschwollene Spitze auf, während ich den Rest dazu verwendete, ihren engen Hintereingang einzuschmieren.

„Mmm", rief Tante Maria leise aus, als sie das Gefühl des kalten Gels auf ihrem empfindlichen Anus spürte. Dann schrie sie vor Schmerz auf, als ich meinen langen, schlanken Zeigefinger einführte, wodurch sich ihr enges Loch ausdehnte. Schließlich schrie sie vor Schmerzen, als ich meinen Mittelfinger hineinschob, wodurch sich ihre Pobacken schmerzhaft weiteten.

In der Zwischenzeit verteilte ich das Gel auf meinem erigierten Penis, beginnend an der geschwollenen Eichel und über die gesamte Länge. Als ich den Druck ihres gedehnten Anus um meine Finger spürte, zitterte mein großer, pochender Schwanz vor Vorfreude. Die Aussicht, eine meiner lang gehegten Fantasien zu erfüllen, erfüllte mich in diesem Moment mit einem überwältigenden Gefühl der Erregung und Vorfreude.

Nachdem ich das Gelee auf meinen dicken Penis geschmiert hatte, stimulierte ich sanft ihre feste und hochempfindliche Klitoris mit einem Finger, während ich die ganze Zeit zwei Finger in ihre bezaubernde und enge hintere Öffnung hinein und wieder heraus bewegte. Allmählich und beharrlich stimulierte ich ihren Analkanal weiter mit meinen Fingern, um ihn allmählich weit genug zu weiten, um meine geschwollene und kugelförmige Schwanzspitze aufzunehmen.

„Autsch! ... Aah! ... Au! ... Mmm! ... Aah! ... Autsch! ... Carl! ... ohhh! ... auwww! ... mmm!"

Tante Marias Gesichtsausdruck war von einer Mischung aus Schmerz und Lust erfüllt, während sie weiter schrie und stöhnte. Allmählich wichen die Geräusche ihres Unbehagens lustvolleren Stöhnen, was darauf hindeutete, dass die Stimulation ihrer Klitoris in ihr Erregung aufbaute.

Der verlockende Anblick ihres entblößten, attraktiven Hinterns und die verführerischen Geräusche ihres wachsenden Verlangens verursachten schnell ein aufregendes Gefühl in meiner pochenden Erektion. Trotzdem stimulierte ich ihren Anus und neckte ihre Klitoris noch ein paar Momente länger, bis ihre angespannten Muskeln nachließen. An diesem Punkt war ich mehr als bereit, Analverkehr mit ihr zu haben.

Allmählich entfernte ich vorsichtig beide Finger aus ihrer erweiterten Analöffnung und hörte auf, ihre Klitoris mit schnellen Bewegungen zu stimulieren.

„Hmmm“, seufzte Tante Maria erleichtert, als sie spürte, wie ihr angespannter Anus langsam wieder in seinen normalen Zustand zurückkehrte. „Carl, könntest du bitte vorsichtig sein“, flehte sie unter leisen Tränen, bevor sie ihr Gesicht in einem Kissen verbarg.

Ihre großen, runden Pobacken weiteten sich dadurch und ermöglichten einen leichteren Zugang zu ihren feuchten Genitalien und ihrem engen Anus. Mit einem Gefühl der Dringlichkeit schloss ich die Distanz zwischen uns und positionierte die feste, geschwollene Spitze meines Penis direkt über ihrem zitternden, angespannten Rektum.

„Bitte versuch, dich zu beruhigen und still zu bleiben. Verstanden?“, flüsterte ich sanft, und Maria nickte stumm und vergrub ihr Gesicht im Kissen.

Mit einem Anflug von ungezügelter Begeisterung konnte ich nicht anders als zu lächeln, als ich den beeindruckenden Anblick des atemberaubenden, entblößten Hinterteils meiner Tante erblickte. Ich massierte sanft meine harte Erektion und benutzte sie, um zusätzliche Vaseline auf ihren zitternden, engen Schließmuskel aufzutragen. Als sie tief einatmete, begann ihr Anus seinen Griff etwas zu lockern.

Ich ging entschlossen vor und kam allmählich näher. Es erforderte einige Anstrengung, aber schließlich drang ich in ihre anale Jungfräulichkeit ein, als meine glatt abgerundete Spitze ihre enge, geschmeidige Hintertür erweiterte und mühelos eindrang.

„Aaaggh!", schrie Maria vor Schmerz, als sie spürte, wie ihr enger und empfindlicher Anus von meinem großen und geschwollenen Penis geweitet wurde. „Uffff!", zuckte sie vor Qual zusammen, als ich langsam einen Zentimeter meines fleischigen Schafts tiefer in ihren warmen und feuchten Analkanal schob.

„Oh, verdammt!", flüsterte ich lustvoll und hielt inne, damit Tante Maria sich an die Größe meines Penis in ihrem kleinen Anus gewöhnen konnte.

Maria blieb regungslos, doch sie spürte, wie ihr Körper vor entsetzlichen Schmerzen in ihrem Hintern zitterte. Als ich fortfuhr, mein beträchtliches Glied sanft und stetig weiter in ihren eng umschlossenen Anus zu schieben, durchströmte mich eine Welle der Erregung. Das Gefühl, wie sich ihr zarter Hintereingang um mein beträchtliches Organ zusammenzog, steigerte meine Erregung. Ich musste etwas Druck ausüben, um meinen steifen Phallus zur Hälfte in ihre erhitzte Rektalhöhle einzuführen.

Ich nahm mir einen Moment Zeit, um meine Position anzupassen und sicherzustellen, dass ich bequem auf meinen Knien lag. Als ich mich gesetzt hatte, begann ich, Tante Marias Hintern mit gezielten und gemächlichen Bewegungen zu penetrieren.

„Ungh! ... Aah! ... Autsch! ... Aah! ... Owww! ... Ohhh! ... Uff! ... Mmph! ... Carl! ... Oh Gott! ... Aah!“ Maria begann, ihren Schmerz lautstark durch Stöhnen und Grunzen auszudrücken.

Als ich zusah, bemerkte ich, wie ihre Finger die Bettlaken mit großer Kraft umklammerten, ein klares Zeichen ihrer Anstrengung, jegliche Schreie zu unterdrücken. Es war offensichtlich, dass sie mit dem überwältigenden Schmerz zu kämpfen hatte, der durch die Kraft meines erigierten Glieds verursacht wurde, das zum ersten Mal fest in sie eindrang. Schließlich konnte sie es nicht mehr ertragen, warf den Kopf zurück und stieß Stöhnen und Tränen aus, die laut durch den Raum hallten.

In diesem Moment war ich so von Lust verzehrt, dass ich mich nicht auf ihr Wohlergehen konzentrieren konnte; Ich konnte nur daran denken, ihren üppigen Hintern leidenschaftlich zu lieben. Aufgrund der Größe und Festigkeit ihres Hinterns konnte ich mit meiner beträchtlichen Erektion jedoch nur halb eindringen, was mich dazu veranlasste, in einem bewussten und gemessenen Tempo die Tiefen ihres engen Anus zu erkunden. Gleichzeitig streichelte ich ihre weichen, prallen Wangen und entfernte mit meinen Händen alle überschüssigen Vaselinereste.

Bald glänzte der obere Teil ihres üppigen, geschmeidigen Hinterns von der Geleemasse und fesselte mich, während er bei jeder kräftigen Bewegung wackelte. Fasziniert von dem Anblick griff ich gierig nach ihrem großen, nackten, runden Hintern. Das Gefühl ihres warmen, herrlichen Hinterns und die sich verengende Klammer ihres Anus, die mein voll erregtes Glied stimulierte, bereiteten mir enormes Vergnügen. Die rhythmische Bewegung unserer Körper führte auch zu dem befriedigenden Geräusch meiner Hoden, die leicht mit ihren warmen, feuchten Genitalien kollidierten.

„Ugh! ... Autsch! ... Ah! ... Keuch! ... Mm! ... Oh! ... Meine Güte! ... Ah! ... Carl! ... Oh, Scheiße! ... Autsch!" Marias Schmerzensschreie wurden lauter, als ich weiter mit der Hälfte meines großen, steifen Penis in ihren zarten Hintern eindrang.

Nachdem ich das Gefühl, ihr Hinterteil zu spüren, gründlich genossen hatte, hob ich beide Hände in die Luft und schlug voller Begeisterung fest auf ihre üppigen Pobacken.

SCHLAGEN!

Meine glatten Handflächen versetzten ihren großen, bloßen Backen einen kräftigen Schlag.

„Aua!", schrie Tante Maria vor Unbehagen, als sie einen plötzlichen, stechenden Schmerz verspürte. Sie beruhigte sich schnell und flehte um Gnade. Der Schmerz steigerte sich und ließ sie noch lauter schreien, als ich ihr einen härteren Schlag auf ihren großen, üppigen Hintern verpasste.

Als ich die leuchtend roten Abdrücke sah, die meine Hände auf ihrem blassen, glatten Hintern hinterlassen hatten, erfüllte mich ein prickelnder Anflug von Erregung. Der Klang ihres Flehens verstärkte mein Verlangen nur noch und drängte mich, die Geschwindigkeit und Kraft meiner Bewegungen zu erhöhen.

„Aah! ... Au! ... Uff! ... Aah! ... Aah! ... Ohh! ... Au! ... Carl! ... Oh! Gott!“ Maria begann, schmerzerfüllte Geräusche von sich zu geben und schrie jedes Mal vor Qual, wenn ich ihr ihren erstaunlichen, breiten Hintern versohlte.

Aus heiterem Himmel kam mir eine Idee, wie ich sicherstellen könnte, dass Maria bei ihrem ersten Analverkehr ein lustvolles Erlebnis hatte.

„Ich verstehe, dass du große Schmerzen hast. Hast du schon mal daran gedacht, dich selbst zu befriedigen, liebe Tante? Glaub mir, das kann sehr gut für dein Wohlbefinden sein“, flüsterte ich leise und versuchte, sie etwas zu trösten.

Maria war verzweifelt und versuchte, die starken Schmerzen in ihrem überdehnten Analbereich zu lindern. In dem Versuch, Erleichterung zu finden, bewegte sie hastig ihre rechte Hand in Richtung ihrer Leistengegend. Mir wurde klar, dass sie dazu übergegangen war, ihre Klitoris zu stimulieren und ihre feuchte Vagina zu erkunden, während ihre Knöchel bei jedem Stoß meine Hoden streiften. Trotz der Beschwerden drang ich weiterhin in ihren fest zusammengepressten Anus ein und verpasste ihrem großzügig proportionierten Hintern gelegentlich einen Klaps.

„Autsch! ... Oh mein Gott! ... Oh je! ... Oh mein Gott! ... Mmm! ... Oh mein Gott! ... Oh je! ... Mmm! ... Carl! ... Oh mein Gott! ... Ja! ... Autsch! ... Oh ja! ... Ich liebe es! ... Mm! ... Oh mein Gott!“ Maria stieß Geräusche des Unbehagens aus, die von Lust unterbrochen wurden, und ich konnte nicht anders, als stolz zu sein, dass sie anfing, Freude an ihrer ersten Erfahrung mit Analsex zu finden.

Ich behielt ein gleichmäßiges Tempo bei, während ich weiter in Tante Marias Hintern eindrang. Die unglaubliche Enge ihres Anus, der meinen festen Penis bei jedem gezielten Stoß umklammerte, erzeugte intensive Empfindungen. Darüber hinaus steigerte der Anblick ihres üppigen Hinterns, der mit jedem Schlag wackelte und röter wurde, die Erregung noch, was uns beide letztendlich in einen erhöhten Erregungszustand versetzte.

Ich erlebte eine Welle der Erregung, als ich spürte, wie meine Erregung zunahm, meine Hoden sich zusammenzogen und meine Erektion in ihrem engen Anus heftig pulsierte. Auch Tante Maria zitterte vor Lust, als sie sich selbst befriedigte und sich einem weiteren Höhepunkt näherte. Es entzückte mich, festzustellen, dass meine attraktive ältere Nachbarin, obwohl sie zum ersten Mal die Unannehmlichkeiten der analen Penetration erlebte, genug Lust daraus zog, um ihren Höhepunkt der Lust zu erreichen.

„Aah! Oh! Mmm! Carl! Mm! Carl! Aaah! Carl!“ Tante Maria begann meinen Namen zu rufen, während sie sanfte Schreie und Lustgeräusche ausstieß, während ihr Atem schneller wurde und sie sich einem weiteren Höhepunkt näherte.

Der Anblick ihrer geröteten und prallen Pobacken, zusammen mit ihrem engen und gedehnten Anus, der meine pochende Erektion umklammerte, zusammen mit ihrem leidenschaftlichen Stöhnen, brachte mich schnell an den Rand der Ekstase und ich erreichte den Höhepunkt der Lust.

„Tante!“ Ich warnte, bevor ich meinen ejakulierenden Penis tief in ihren fest geschlossenen Anus stieß, „Aaahhhh!“ Ich stöhnte tief, als ich einen heftigen Orgasmus erlebte.“

„Aaahhhh!“, rief Tante Maria laut aus, in diesem Moment völlig überwältigt von intensiver Lust.

Ich hielt mich fest an ihren schönen, breiten Hüften und hielt inne, um die intensive Lust des Orgasmus zu genießen, der mich überkam. Mein pulsierender, großer Penis war zur Hälfte in ihren engen, warmen Analkanal eingeführt und ließ mich jedes Mal erzittern, wenn er dickes, klebriges Sperma tief in ihr freisetzte. Auch Tante Maria kam völlig zum Stillstand, ihr Körper zuckte, als sie während des heftigen Höhepunkts ihre eigenen Säfte freisetzte. Die Flüssigkeit spritzte auf meine Hoden und tropfte auf das Bettlaken unter meinen gebeugten Beinen. Dieses unerwartete Gefühl verstärkte meinen eigenen Höhepunkt und ich brach plötzlich auf ihrem Körper zusammen.

„Ungh!“, rief Maria aus, als ich unerwartet ihre attraktive, wohlgeformte Figur unter mich drückte. Sie flüsterte leise meinen Namen „Carl“, als sie meine bloße Haut auf ihrem nackten Rücken spürte, und entspannte sich dann.

Ich entspannte mich auf ihr, mein erigierter Penis war tief in ihren engen Anus eingeführt. Ihre weichen Pobacken drückten meine Hoden und förderten die Freisetzung des Restes meines warmen Ejakulats. Als ihr Orgasmus nachließ, bemerkte ich, wie ihr Körper unter mir von heftigem Zittern zu sanftem Zittern überging.

Maria und ich waren beide erschöpft, als wir die wohlige Wärme genossen, die nach einem gemeinsamen, kraftvollen Höhepunkt zurückblieb. Wir genossen das Nachglühen unserer intensiven, gemeinsamen Lust für eine gefühlte Ewigkeit.

Nach einiger Zeit nahm ich all meine Kraft zusammen, um meinen dicken, weicher werdenden Penis vorsichtig aus ihrem feuchten, engen Rektum zu ziehen, und ließ mich dann neben ihr auf den Rücken fallen. Maria stöhnte leise und seufzte erleichtert, als sie spürte, wie ihr gedehnter Anus allmählich wieder seine normale Größe annahm. Trotzdem hat sich das Bild meines milchigen, klebrigen Spermas, das aus ihrem zitternden Hintern sickerte, dauerhaft in mein Gedächtnis eingeprägt.

Ich empfand ein Gefühl immenser Erfüllung und Stolz, nachdem ich endlich eine sexuelle Begegnung mit meiner attraktiven und verführerischen Nachbarin hatte, die auch Mutter ist. Ich war ziemlich selbstzufrieden, da ich Maria nach einer Phase des spielerischen Neckens und Flirtens erfolgreich zu intimen Aktivitäten überredet hatte. Nach unserer leidenschaftlichen Begegnung nahm ich all meine Kraft zusammen, um die erschöpfte Maria im Bett zurückzulassen und mich auf den Weg ins Badezimmer zu machen. Dort reinigte ich mich effizient von den verbleibenden Spuren unserer intensiven und chaotischen sexuellen Begegnung. Der Nervenkitzel dieser Erfahrung machte mich gierig nach mehr und ich konnte nicht anders, als mich zu fragen, ob Maria daran interessiert wäre, unsere heimlichen Treffen regelmäßig fortzusetzen.

Als ich ins Schlafzimmer zurückging, entdeckte ich Maria aufrecht auf dem Bett sitzend. Sie hatte sich auf ein gefaltetes Handtuch unter ihrem Unterkörper gelegt, das höchstwahrscheinlich dort platziert war, um den anhaltenden Fluss meines zähflüssigen weißen Ejakulats aufzusaugen, das weiterhin aus ihrem zarten Hintern sickerte. Bei genauerem Hinsehen war es offensichtlich, dass sie Unbehagen verspürte, doch schaffte sie es, ein mutiges Lächeln aufzubringen, als ich das Zimmer betrat.

Maria fragte sanft: „Carl, wie war es?“ Sie sprach leise und mit Vorsicht in der Stimme.

„Es hat mir wirklich Spaß gemacht, Tante!“, antwortete ich begeistert und lächelte breit, um meine Freude auszudrücken. „Ich hoffe aufrichtig, dass es dir genauso gut gefallen hat wie mir“, sagte ich weiter, begierig auf ihre Zustimmung.

„Es war wirklich bemerkenswert, Carl. Was ich durch dich gefühlt habe, war anders als alles, was ich je zuvor erlebt habe“, antwortete Maria mit einem breiten Lächeln im Gesicht.

Wir waren beide erleichtert, dass wir beide unsere erste intime Begegnung genossen hatten. Während ich mich anzog, erinnerte sich Tante Maria an einige der unvergesslichsten Momente unseres leidenschaftlichen Liebesspiels und erzählte davon. Ich konnte nicht anders, als ihre prächtigen, freiliegenden Brüste zu bewundern, die sich anmutig mit ihren Gesten bewegten. Ihre üppigen Hüften, ihr üppiger Hintern und ihre wohlgeformten Beine wirkten unglaublich verführerisch. Schließlich erkundigte sie sich nach der Möglichkeit einer Wiederholung in naher Zukunft. Begeistert stimmte ich zu und drängte sie, unser nächstes heimliches Rendezvous umgehend zu planen.

Nachdem es 17 Uhr geschlagen hatte, verließ ich diskret Tante Marias Haus und machte mich auf den Weg zurück zu meinem eigenen. Das Gefühl der Erregung und Befriedigung stieg in mir auf, während ich in der Freude schwelgte, erfolgreich eine weitere verführerische ältere Frau verführt und zu meinem Kreis intimer Gefährten hinzugefügt zu haben.

Von diesem Zeitpunkt an hatten Tante Maria und ich mindestens dreimal im Monat Sex und hielten unsere heimliche Beziehung viele Jahre lang aufrecht. Im Laufe dieser Jahre fand ich große Freude daran, Tante Marias exquisite Vagina und ihren bemerkenswerten Hintern bei unseren intimen Begegnungen zu erkunden.

DAS ENDE

www.ingramcontent.com/pod-product-compliance
Lightning Source LLC
La Vergne TN
LVHW010457160826
845677LV00012B/2534
9798227096876